Sonia

Muchas gracias
por compartir este tiempo
conmigo.
Disfruté mucho tu compañía
y hablar con vos.
Para mí ha sido
muy estimulante
Espero podamos
mantenernos en
contacto!
Voy a extrañar las
charlas..

Un abrazo muy fuerte
tu amiga, Mariana
P/D ¿Venís a Argentina?

JULIO CORTÁZAR

Todos los fuegos el fuego

punto de lectura

© 1966, Julio Cortázar y Herederos de Julio Cortázar
© 1995, de la edición de Aguilar, Altea, Taurus, Alfaguara, S.A.
© De esta edición: febrero 2001, Suma de letras, S.L.

ISBN: 84-663-0204-2
Depósito legal: B-1399-2001
Impreso en España – Printed in Spain

Diseño de colección: Ignacio Ballesteros

Impreso por Litografía Rosés, S.A.

JULIO CORTÁZAR

Todos los fuegos el fuego

Índice

A Francisco Porrúa

La autopista del sur

Gli automobilisti accaldati sembrano non avere
storia… Come realtà, un ingorgo automobilistico
impressiona ma non ci dice gran che.

ARRIGO BENEDETTI, *L'Espresso*,
Roma, 21/6/1964.

Al principio la muchacha del Dauphine había insistido en llevar la cuenta del tiempo, aunque al ingeniero del Peugeot 404 le daba ya lo mismo. Cualquiera podía mirar su reloj pero era como si ese tiempo atado a la muñeca derecha o el *bip bip* de la radio midieran otra cosa, fuera el tiempo de los que no han hecho la estupidez de querer regresar a París por la autopista del sur un domingo de tarde y, apenas salidos de Fontainebleau, han tenido que ponerse al paso, detenerse, seis filas a cada lado (ya se sabe que los domingos la autopista está íntegramente reservada a los que regresan a la capital), poner en marcha el motor, avanzar tres metros, detenerse, charlar con las dos monjas del 2HP a la derecha, con la muchacha del Dauphine a la izquierda, mirar por el retrovisor al hombre pálido que conduce un Caravelle, envidiar irónicamente la felicidad avícola del matrimonio del Peugeot 203 (detrás del Dauphine de la muchacha) que juega con su niñita y hace bromas y come queso, o sufrir a ratos los desbordes exasperados de los dos jovencitos del Simca que precede al Peugeot 404, y hasta bajarse de los altos y explorar sin alejarse mucho (porque nunca se sabe en qué momento los autos de más adelante reanudarán la marcha y habrá que correr para que los de atrás no inicien la guerra de las bocinas y los insultos), y así llegar a la altura de un Taunus delante del Dauphine de la muchacha que mira a cada momento la hora, y cambiar unas frases descorazonadas o burlonas con los dos hombres que viajan con el niño rubio cuya inmensa diversión en esas precisas circunstancias consiste en hacer correr libremente su autito de juguete sobre los asientos y el reborde posterior del Taunus, o atreverse y avanzar todavía un poco más, puesto que no parece que los autos de adelante vayan a reanudar la marcha, y contemplar con alguna lástima al matrimonio de ancianos en el ID Citroën que parece una gigantesca bañadera violeta donde sobrenadan los dos viejitos, él descansando los antebrazos en el volante con un aire de paciente fatiga, ella mordisqueando una manzana con más aplicación que ganas.

A la cuarta vez de encontrarse con todo eso, de hacer todo eso, el ingeniero había decidido no salir más de su coche, a la espera de que la policía disolviese de alguna manera el embotellamiento. El calor de agosto se sumaba a ese tiempo a ras de neumáticos para que la inmovilidad fuese cada vez más enervante. Todo era olor a gasolina, gritos destemplados de los jovencitos del Simca, brillo del sol rebotando en los cristales y en los bordes cromados, y para colmo la sensación contradictoria del encierro en plena selva de máquinas pensadas para correr. El 404 del ingeniero ocupaba el segundo lugar de la pista de la derecha contando desde la franja divisoria de las dos pistas, con lo cual tenía otros cuatro autos a su derecha y siete a su izquierda, aunque de hecho sólo pudiera ver distintamente los ocho coches que lo rodeaban y sus ocupantes, que ya había detallado hasta cansarse. Había charlado con todos, salvo con los muchachos del Simca que le caían antipáticos; entre trecho y trecho se había discutido la situación en sus menores detalles, y la impresión general era que hasta Corbeil-Essonnes se avanzaría al paso o poco menos, pero que entre

Corbeil y Juvisy el ritmo iría acelerándose una vez que los helicópteros y los motociclistas lograran quebrar lo peor del embotellamiento. A nadie le cabía duda de que algún accidente muy grave debía haberse producido en la zona, única explicación de una lentitud tan increíble. Y con eso el gobierno, el calor, los impuestos, la vialidad, un tópico tras otro, tres metros, otro lugar común, cinco metros, una frase sentenciosa o una maldición contenida.

A las dos monjitas del 2HP les hubiera convenido tanto llegar a Milly-la-Fôret antes de las ocho, pues llevaban una cesta de hortalizas para la cocinera. Al matrimonio del Peugeot 203 le importaba sobre todo no perder los juegos televisados de las nueve y media, la muchacha del Dauphine le había dicho al ingeniero que le daba lo mismo llegar más tarde a París pero que se quejaba por principio, porque le parecía un atropello someter a millares de personas a un régimen de caravana de camellos. En esas últimas horas (debían ser casi las cinco pero el calor los hostigaba insoportablemente) habían avanzado unos cincuenta metros a juicio del ingeniero, aunque uno de los hombres del Taunus, que se había acercado a charlar llevando de la mano al niño con su autito, mostró irónicamente la copa de un plátano solitario y la muchacha del Dauphine recordó que ese plátano (si no era un castaño) había estado en la misma línea que su auto durante tanto tiempo que ya ni valía la pena mirar el reloj pulsera para perderse en cálculos inútiles.

No atardecía nunca, la vibración del sol sobre la pista y las carrocerías dilataba el vértigo hasta la náusea. Los anteojos negros, los pañuelos con agua de colonia en la cabeza, los recursos improvisados para protegerse, para evitar un reflejo chirriante o las bocanadas de los caños de escape a cada avance, se organizaban y perfeccionaban, eran objeto de comunicación y comentario. El ingeniero bajó otra vez para estirar las piernas, cambió unas palabras con la pareja de aire campesino del Ariane que precedía al 2HP de las monjas. Detrás del 2HP había un Volkswagen con un soldado y una muchacha que parecían recién casados. La tercera fila hacia el exterior dejaba de interesarle porque hubiera tenido que alejarse peligrosamente del 404; veía colores, formas, Mercedes Benz, ID, 4R, Lancia, Skoda, Morris Minor, el catálogo completo. A la izquierda, sobre la pista opuesta, se tendía otra maleza inalcanzable de Renault, Anglia, Peugeot, Porsche,

Volvo; era tan monótono que al final, después de charlar con los dos hombres del Taunus y de intentar sin éxito un cambio de impresiones con el solitario conductor del Caravelle, no quedaba nada mejor que volver al 404 y reanudar la misma conversación sobre la hora, las distancias y el cine con la muchacha del Dauphine.

A veces llegaba un extranjero, alguien que se deslizaba entre los autos viniendo desde el otro lado de la pista o desde las filas exteriores de la derecha, y que traía alguna noticia probablemente falsa repetida de auto en auto a lo largo de calientes kilómetros. El extranjero saboreaba el éxito de sus novedades, los golpes de portezuelas cuando los pasajeros se precipitaban para comentar lo sucedido, pero al cabo de un rato se oía alguna bocina o el arranque de un motor, y el extranjero salía corriendo, se lo veía zigzaguear entre los autos para reintegrarse al suyo y no quedar expuesto a la justa cólera de los demás. A lo largo de la tarde se había sabido así del choque de un Floride contra un 2HP cerca de Corbeil, tres muertos y un niño herido, el doble choque de un Fiat 1500 contra un furgón Renault que había aplastado un Austin lleno de turistas ingleses, el vuelco de un autocar de Orly colmado de pasajeros procedentes del avión de Copenhague. El ingeniero estaba seguro de que todo o casi todo era falso, aunque algo grave debía haber ocurrido cerca de Corbeil e incluso en las proximidades de París para que la circulación se hubiera paralizado hasta ese punto. Los campesinos del Ariane, que tenían una granja del lado de Montereau y conocían bien la región, contaban de otro domingo en que el tránsito había estado detenido durante cinco horas, pero ese tiempo empezaba a parecer casi nimio ahora que el sol, acostándose hacia la izquierda de la ruta, volcaba en cada uno una última avalancha de jalea anaranjada que hacía hervir los metales y ofuscaba la vista, sin que jamás una copa de árbol desapareciera del todo a la espalda, sin que otra sombra apenas entrevista a la distancia se acercara como para poder sentir de verdad que la columna se estaba moviendo aunque fuera apenas, aunque hubiera que detenerse y arrancar y bruscamente clavar el freno y no salir nunca de la primera velocidad, del desencanto insultante de pasar una vez más de la primera al punto muerto, freno de pie, freno de mano, stop, y así otra vez y otra vez y otra.

En algún momento, harto de inacción, el ingeniero se había decidido a aprovechar un alto especialmente interminable para recorrer las filas de la izquierda, y dejando a su espalda el Dauphine había encontrado un DKW, otro 2HP, un Fiat 600, y se había detenido junto a un De Soto para cambiar impresiones con el azorado turista de Washington que no entendía casi el francés pero que tenía que estar a las ocho en la Place de l'Opéra sin falta *you understand, my wife will be awfully anxious, damn it*, y se hablaba un poco de todo cuando un hombre con aire de viajante de comercio salió del DKW para contarles que alguien había llegado un rato antes con la noticia de que un Piper Cub se había estrellado en plena autopista, varios muertos. Al americano el Piper Cub lo tenía profundamente sin cuidado, y también al ingeniero que oyó un coro de bocinas y se apresuró a regresar al 404, trasmitiendo de paso las novedades a los dos hombres del Taunus y al matrimonio del 203. Reservó una explicación más detallada para la muchacha del Dauphine mientras los coches avanzaban lentamente unos pocos metros (ahora el Dauphine estaba ligeramente retrasado con relación al 404, y más tarde sería al revés, pero de hecho las doce filas se movían prácticamente en bloque, como si un gendarme invisible en el fondo de la autopista ordenara el avance simultáneo sin que nadie pudiese obtener ventajas). Piper Cub, señorita, es un pequeño avión de paseo. Ah. Y la mala idea de estrellarse en plena autopista un domingo por la tarde. Esas cosas. Si por lo menos hiciera menos calor en los condenados autos, si esos árboles de la derecha quedaran por fin a la espalda, si la última cifra del cuentakilómetros acabara de caer en su agujerito negro en vez de seguir suspendida por la cola, interminablemente.

En algún momento (suavemente empezaba a anochecer, el horizonte de techos de automóviles se teñía de lila) una gran mariposa blanca se posó en el parabrisas del Dauphine, y la muchacha y el ingeniero admiraron sus alas en la breve y perfecta suspensión de su reposo; la vieron alejarse con una exasperada nostalgia, sobrevolar el Taunus, el ID violeta de los ancianos, ir hacia el Fiat 600 ya invisible desde el 404, regresar hacia el Simca donde una mano cazadora trató inútilmente de atraparla, aletear amablemente sobre el Ariane de los campesinos que parecían estar comiendo alguna cosa, y perderse después hacia la derecha. Al anochecer la columna hizo un primer avance importante, de casi cuarenta metros; cuando el ingeniero miró distraídamente el cuentakilómetros, la mitad del 6 había desaparecido y un asomo de 7 empezaba a descolgarse de lo alto. Casi todo el mundo escuchaba sus radios, los del Simca la habían puesto a todo trapo y coreaban un twist con sacudidas que hacían vibrar la carrocería; las monjas pasaban las cuentas de sus rosarios, el niño del Taunus se había dormido con la cara pegada a un cristal, sin soltar el auto de juguete. En algún momento (ya era noche cerrada) llegaron extranjeros con más noticias, tan contradictorias como las otras ya olvidadas. No había sido un Piper Cub sino un planeador piloteado por la hija de un general. Era exacto que un furgón Renault había aplastado un Austin, pero no en Juvisy sino casi en las puertas de París; uno de los extranjeros explicó al matrimonio del 203 que el macadam de la autopista había cedido a la altura de Igny y que cinco autos habían volcado al meter las ruedas delanteras en la grieta. La idea de una catástrofe natural se propagó hasta el ingeniero, que se encogió de hombros sin hacer comentarios. Más tarde, pensando en esas primeras horas de oscuridad en que habían respirado un poco más libremente, recordó que en algún momento había sacado el brazo por la ventanilla para tamborilear en la carrocería del Dauphine y despertar a la muchacha que se había dormido reclinada sobre el volante, sin preocuparse de un nuevo avance. Quizá ya era medianoche cuando una de las monjas le ofreció tímidamente un sandwich de jamón, suponiendo que tendría hambre. El ingeniero lo aceptó por cortesía (en realidad sentía náuseas) y pidió permiso para dividirlo con la muchacha del Dauphine, que aceptó y comió golosamente el sandwich y la tableta de chocolate que le había pasado el viajante del DKW, su vecino de la izquierda. Mucha gente había salido de los autos recalentados, porque otra vez llevaban horas sin avanzar; se empezaba a sentir sed, ya agotadas las botellas de limonada, la coca-cola y hasta los vinos de a bordo. La primera en quejarse fue la niña del 203, y el soldado y el ingeniero abandonaron los autos junto con el padre de la niña para buscar agua. Delante del Simca, donde la radio parecía suficiente alimento, el ingeniero encontró un Beaulieu ocupado por una mujer madura de ojos inquietos. No, no tenía agua pero podía darle unos caramelos para la niña. El matrimonio del ID se consultó un momento antes de que la anciana metiera la mano en un bolso y sacara una pequeña lata de jugo de frutas. El ingeniero agradeció y quiso saber si tenían hambre y si podía serles útil; el viejo movió negativamente la cabeza, pero la mujer pareció asentir sin palabras. Más tarde la muchacha del Dauphine y el ingeniero exploraron juntos las filas de la izquierda, sin alejarse demasiado; volvieron con algunos bizcochos y los llevaron a la anciana del ID, con el tiempo justo para regresar corriendo a sus autos bajo una lluvia de bocinas.

Aparte de esas mínimas salidas, era tan poco lo que podía hacerse que las horas acababan por superponerse, por ser siempre la misma en el recuerdo; en algún momento el ingeniero pensó en tachar ese día en su agenda y contuvo una risotada, pero más adelante, cuando empezaron los cálculos contradictorios de las monjas, los hombres del Taunus y la muchacha del Dauphine, se vio que hubiera convenido llevar mejor la cuenta. Las radios locales habían suspendido las emisiones, y sólo el viajante del DKW tenía un aparato de ondas cortas que se empeñaba en transmitir noticias bursátiles. Hacia las tres de la madrugada pareció llegarse a un acuerdo tácito para descansar, y hasta el amanecer la columna no se movió. Los muchachos del Simca sacaron unas camas neumáticas y se tendieron al lado del auto; el ingeniero bajó el respaldo de los asientos delanteros del 404 y ofreció las cuchetas a las monjas, que rehusaron; antes de acostarse un rato, el ingeniero pensó en la muchacha del Dauphine, muy quieta contra el volante, y como sin darle importancia le propuso que cambiaran de autos hasta el amanecer; ella se negó, alegando que podía dormir muy bien de cualquier manera. Durante un rato se oyó llorar al niño del Taunus, acostado en el asiento trasero donde debía tener demasiado calor. Las monjas rezaban todavía cuando el ingeniero se dejó caer en la cucheta y se fue quedando dormido, pero su sueño seguía demasiado cerca de la vigilia y acabó por despertarse sudoroso e inquieto, sin comprender en un primer momento dónde estaba; enderezándose, empezó a percibir los confusos movimientos del exterior, un deslizarse de sombras entre los autos, y vio un bulto que se alejaba hacia el borde de la autopista; adivinó las razones, y más tarde también él salió del auto sin hacer ruido y fue a aliviarse al borde de la ruta; no había setos ni árboles, solamente el campo negro y sin estrellas, algo que parecía un muro abstracto limitando la cinta blanca del macadam con su río inmóvil de vehículos. Casi tropezó con el campesino del Ariane, que balbuceó una frase ininteligible; al olor de la gasolina, persistente en la autopista recalentada, se sumaba ahora la presencia más ácida del hombre, y el ingeniero volvió lo antes posible a su auto. La chica del Dauphine dormía apoyada sobre el volante, un mechón de pelo contra los ojos; antes de subir al 404, el ingeniero se divirtió explorando en la sombra su perfil, adivinando la curva de los labios que soplaban suavemente. Del otro lado, el hombre del DKW miraba también dormir a la muchacha, fumando en silencio.

Por la mañana se avanzó muy poco pero lo bastante como para darles la esperanza de que esa tarde se abriría la ruta hacia París. A las nueve llegó un extranjero con buenas noticias: habían rellenado las grietas y pronto se podría circular normalmente. Los muchachos del Simca encendieron la radio y uno de ellos trepó al techo del auto y gritó y cantó. El ingeniero se dijo que la noticia era tan dudosa como las de la víspera, y que el extranjero había aprovechado la alegría del grupo para pedir y obtener una naranja que le dio el matrimonio del

Ariane. Más tarde llegó otro extranjero con la misma treta, pero nadie quiso darle nada. El calor empezaba a subir y la gente prefería quedarse en los autos a la espera de que se concretaran las buenas noticias. A mediodía la niña del 203 empezó a llorar otra vez, y la muchacha del Dauphine fue a jugar con ella y se hizo amiga del matrimonio. Los del 203 no tenían suerte: a su derecha estaba el hombre silencioso del Caravelle, ajeno a todo lo que ocurría en torno, y a su izquierda tenían que aguantar la verbosa indignación del conductor de un Floride, para quien el embotellamiento era una afrenta exclusivamente personal. Cuando la niña volvió a quejarse de sed, al ingeniero se le ocurrió ir a hablar con los campesinos del Ariane, seguro de que en ese auto había cantidad de provisiones. Para su sorpresa los campesinos se mostraron muy amables; comprendían que en una situación semejante era necesario ayudarse, y pensaban que si alguien se encargaba de dirigir el grupo (la mujer hacía un gesto circular con la mano, abarcando la docena de autos que los rodeaba) no se pasarían apreturas hasta llegar a París. Al ingeniero le molestaba la idea de erigirse en organizador, y prefirió llamar a los hombres del Taunus para conferenciar con ellos y con el matrimonio del Ariane. Un rato después consultaron sucesivamente a todos los del grupo. El joven soldado del Volkswagen estuvo inmediatamente de acuerdo, y el matrimonio del 203 ofreció las pocas provisiones que les quedaban (la muchacha del Dauphine había conseguido un vaso de granadina con agua para la niña, que reía y jugaba). Uno de los hombres del Taunus, que había ido a consultar a los muchachos del Simca, obtuvo un asentimiento burlón; el hombre pálido del Caravelle se encogió de hombros y dijo que le daba lo mismo, que hicieran lo que les pareciese mejor. Los ancianos del ID y la señora del Beaulieu se mostraron visiblemente contentos, como si se sintieran más protegidos. Los pilotos del Floride y del DKW no hicieron observaciones, y el americano del De Soto los miró asombrado y dijo algo sobre la voluntad de Dios. Al ingeniero le resultó fácil proponer que uno de los ocupantes del Taunus, en el que tenía una confianza instintiva, se encargara de coordinar las actividades. A nadie le faltaría de comer por el momento, pero era necesario conseguir agua; el jefe, al que los muchachos del Simca llamaban Taunus a secas para divertirse, pidió al ingeniero, al soldado y a uno de los muchachos que exploraran la zona circundante de la autopista y ofrecieran alimentos a cambio de bebidas. Taunus, que evidentemente sabía mandar, había calculado que deberían cubrirse las necesidades de un día y medio como máximo, poniéndose en la posición menos optimista. En el 2HP de las monjas y en el Ariane de los campesinos había provisiones suficientes para ese tiempo, y si los exploradores volvían con agua el problema quedaría resuelto. Pero solamente el soldado regresó con una cantimplora llena, cuyo dueño exigía en cambio comida para dos personas. El ingeniero no encontró a nadie que pudiera ofrecer agua, pero el viaje le sirvió para advertir que más allá de su grupo se estaban constituyendo otras células con problemas semejantes; en un momento dado el ocupante de un Alfa Romeo se negó a hablar con él del asunto, y le dijo que se dirigiera al representante de su grupo, cinco autos más atrás en la misma fila. Más tarde vieron volver al muchacho del Simca que no había podido conseguir agua, pero Taunus calculó que ya tenían bastante para los dos niños, la anciana del ID y el resto de las mujeres. El ingeniero le estaba contando a la muchacha del Dauphine su circuito por la periferia (era la una de la tarde, y el sol los acorralaba en los autos) cuando ella lo interrumpió con un gesto y le señaló el Simca. En dos saltos el ingeniero llegó hasta el auto y sujetó por el codo a uno de los muchachos, que se repantigaba en su asiento para beber a grandes tragos de la cantimplora que había traído escondida en la chaqueta. A su gesto iracundo, el ingeniero respondió aumentando la presión en el brazo; el otro muchacho bajó del auto y se tiró sobre el ingeniero, que dio dos pasos atrás y lo esperó casi con lástima. El soldado ya venía corriendo, y los gritos de las monjas alertaron a Taunus y a su compañero; Taunus escuchó lo sucedido, se acercó al muchacho de la botella y le dio un par de bofetadas. El muchacho gritó y protestó, lloriqueando, mientras el otro rezongaba sin atreverse a intervenir. El ingeniero le quitó la botella y se la alcanzó a Taunus. Empezaban a sonar bocinas y cada cual regresó a su auto, por lo demás inútilmente puesto que la columna avanzó apenas cinco metros.

A la hora de la siesta, bajo un sol todavía más duro que la víspera, una de las monjas se quitó la toca y su compañera le mojó las sienes con agua de colonia. Las mujeres improvisaban de a poco sus actividades samaritanas, yendo de un auto a otro, ocupándose de los niños para que los hombres estuvieran más libres; nadie se quejaba pero el buen humor era forzado, se basaba siempre en los mismos juegos de palabras, en un escepticismo de buen tono. Para el ingeniero y la muchacha del Dauphine, sentirse sudorosos y sucios era la vejación más grande; los enternecía casi la rotunda indiferencia del matrimonio de campesinos al olor que les brotaba de las axilas cada vez que venían a charlar con ellos o a repetir alguna noticia de último momento. Hacia el atardecer el ingeniero miró casualmente por el retrovisor y encontró como siempre la cara pálida y de rasgos tensos del hombre del Caravelle, que al igual que el gordo piloto del Floride se había mantenido ajeno a todas las actividades. Le pareció que sus facciones se habían afilado todavía más, y se preguntó si no estaría enfermo. Pero después, cuando al ir a charlar con el soldado y su mujer tuvo ocasión de mirarlo desde más cerca, se dijo que ese hombre no estaba enfermo; era otra cosa, una separación, por darle algún nombre. El soldado del Volkswagen le contó más tarde que a su mujer le daba miedo ese hombre silencioso que no se apartaba jamás del volante y que parecía dormir despierto.

Nacían hipótesis, se creaba un folklore para luchar contra la inacción. Los niños del Taunus y el 203 se habían hecho amigos y se habían peleado y luego se habían reconciliado; sus padres se visitaban, y la muchacha del Dauphine iba cada tanto a ver cómo se sentían la anciana del ID y la señora del Beaulieu. Cuando al atardecer soplaron bruscamente unas ráfagas tormentosas y el sol se perdió entre las nubes que se alzaban al oeste, la gente se alegró pensando que iba a refrescar. Cayeron algunas gotas, coincidiendo con un avance extraordinario de casi cien metros; a lo lejos brilló un relámpago y el calor subió todavía más. Había tanta electricidad en la atmósfera que Taunus, con un instinto que el ingeniero admiró sin comentarios, dejó al grupo en paz hasta la noche, como si temiera los efectos del cansancio y el calor. A las ocho las mujeres se encargaron de distribuir las provisiones; se había decidido que el Ariane de los campesinos sería el almacén general, y que el 2HP de las monjas serviría de depósito suplementario. Taunus había ido en persona a hablar con los jefes de los cuatro o cinco grupos vecinos; después, con ayuda del soldado y el hombre del 203, llevó una cantidad de alimentos a los otros grupos, regresando con más agua y un poco de vino. Se decidió que los muchachos del Simca cederían sus colchones neumáticos a la anciana del ID y la señora del Beaulieu; la muchacha del Dauphine les llevó dos mantas escocesas y el ingeniero ofreció su coche, que llamaba burlonamente el *wagon-lit*, a quienes lo necesitaran. Para su sorpresa, la muchacha del Dauphine aceptó el ofrecimiento y esa noche compartió las cuchetas del 404 con una de las monjas; la otra fue a dormir al 203 junto a la niña y su madre, mientras el marido pasaba la noche sobre el macadam, envuelto en una frazada. El ingeniero no tenía sueño y jugó a los dados con Taunus y su amigo; en algún momento se les agregó el campesino del Ariane y hablaron de política bebiendo unos tragos del aguardiente que el campesino había entregado a Taunus esa mañana. La noche no fue mala; había refrescado y brillaban algunas estrellas entre las nubes.

Hacia el amanecer los ganó el sueño, esa necesidad de estar a cubierto que nacía con la grisalla del alba. Mientras Taunus dormía junto al niño en el asiento trasero, su amigo y el ingeniero descansaron un rato en la delantera. Entre dos imágenes de sueño, el ingeniero creyó oír gritos a la distancia y vio un resplandor indistinto; el jefe de otro grupo vino a decirles que treinta autos más adelante había habido un principio de incendio en un Estafette, provocado por alguien que había querido hervir clandestinamente unas legumbres. Taunus bromeó sobre lo sucedido mientras iba de auto en auto para ver cómo habían pasado todos la noche, pero a nadie se le escapó lo que quería decir. Esa mañana la columna empezó a moverse muy temprano y hubo que correr y agitarse para recuperar los colchones y las mantas, pero como en todas partes debía estar sucediendo lo mismo casi nadie se impacientaba ni hacía sonar las bocinas. A mediodía habían avanzado más de cincuenta metros, y empezaba a divisarse la sombra de un bosque a la derecha de la ruta. Se envidiaba la suerte de los que en ese momento podían ir hasta la banquina y aprovechar la frescura de la sombra; quizá había un arroyo, o un grifo de agua potable. La muchacha del Dauphine cerró los ojos y pensó en una ducha cayéndole por el pecho y la espalda, corriéndole por las piernas; el ingeniero, que la miraba de reojo, vio dos lágrimas que le resbalaban por las mejillas.

Taunus, que acababa de adelantarse hasta el ID, vino a buscar a las mujeres más jóvenes para que atendieran a la anciana que no se sentía bien. El jefe del tercer grupo a retaguardia contaba con un médico entre sus hombres, y el soldado corrió a buscarlo. El ingeniero, que había seguido con irónica benevolencia los esfuerzos de los muchachitos del Simca para hacerse perdonar su travesura, entendió que era el momento de darles su oportunidad. Con los elementos de una tienda de campaña los muchachos cubrieron las ventanillas del 404, y el *wagon-lit* se transformó en ambulancia para que la anciana descansara en una oscuridad relativa. Su marido se tendió a su lado, teniéndole la mano, y los dejaron solos con el médico. Después las monjas se ocuparon de la anciana, que se sentía mejor, y el ingeniero pasó la tarde como pudo, visitando otros autos y descansando en el de Taunus cuando el sol castigaba demasiado; sólo tres veces le tocó correr hasta su auto, donde los viejitos parecían morir, para hacerlo avanzar junto con la columna hasta el alto siguiente. Los ganó la noche sin que hubiesen llegado a la altura del bosque.

Hacia las dos de la madrugada bajó la temperatura, y los que tenían mantas se alegraron de poder envolverse en ellas. Como la columna no se movería hasta el alba (era algo que se sentía en el aire, que venía desde el horizonte de autos inmóviles en la noche) el ingeniero y Taunus se sentaron a fumar y a charlar con el campesino del Ariane y el soldado. Los cálculos de Taunus no correspondían ya a la realidad, y lo dijo francamente; por la mañana habría que hacer algo para conseguir más provisiones y bebidas. El soldado fue a buscar a los jefes de los grupos vecinos, que tampoco dormían, y se discutió el problema en voz baja para no despertar a las mujeres. Los jefes habían hablado con los responsables de los grupos más alejados, en un radio de ochenta o cien automóviles, y tenían la seguridad de que la situación era análoga en todas partes. El campesino conocía bien la región y propuso que dos o tres hombres de cada grupo salieran al alba para comprar provisiones en las granjas cercanas, mientras Taunus se ocupaba de designar pilotos para los autos que quedaran sin dueño durante la expedición. La idea era buena y no resultó difícil reunir dinero entre los asistentes; se decidió que el campesino, el soldado y el amigo de Taunus irían juntos y llevarían todas las bolsas, redes y cantimploras disponibles. Los jefes de los otros grupos volvieron a sus unidades para organizar expediciones similares,

y al amanecer se explicó la situación a las mujeres y se hizo lo necesario para que la columna
pudiera seguir avanzando. La muchacha del
Dauphine le dijo al ingeniero que la anciana ya
estaba mejor y que insistía en volver a su ID; a
las ocho llegó el médico, que no vio inconveniente en que el matrimonio regresara a su
auto. De todos modos, Taunus decidió que
el 404 quedaría habilitado permanentemente
como ambulancia; los muchachos, para divertirse, fabricaron un banderín con una cruz roja
y lo fijaron en la antena del auto. Hacía ya rato
que la gente prefería salir lo menos posible de
sus coches; la temperatura seguía bajando y a
mediodía empezaron los chaparrones y se vieron relámpagos a la distancia. La mujer del
campesino se apresuró a recoger agua con un
embudo y una jarra de plástico, para especial
regocijo de los muchachos del Simca. Mirando
todo eso, inclinado sobre el volante donde había un libro abierto que no le interesaba demasiado, el ingeniero se preguntó por qué los ex-
pedicionarios tardaban tanto en regresar; más
tarde Taunus lo llamó discretamente a su auto
y cuando estuvieron dentro le dijo que habían
fracasado. El amigo de Taunus dio detalles:
las granjas estaban abandonadas o la gente se

negaba a venderles nada, aduciendo las reglamentaciones sobre ventas a particulares y sospechando que podían ser inspectores que se valían de las circunstancias para ponerlos a prueba. A pesar de todo habían podido traer una pequeña cantidad de agua y algunas provisiones, quizá robadas por el soldado que sonreía sin entrar en detalles. Desde luego ya no podía pasar mucho tiempo sin que cesara el embotellamiento, pero los alimentos de que se disponía no eran los más adecuados para los dos niños y la anciana. El médico, que vino hacia las cuatro y media para ver a la enferma, hizo un gesto de exasperación y cansancio y dijo a Taunus que en su grupo y en todos los grupos vecinos pasaba lo mismo. Por la radio se había hablado de una operación de emergencia para despejar la autopista, pero aparte de un helicóptero que apareció brevemente al anochecer no se vieron otros aprestos. De todas maneras hacía cada vez menos calor, y la gente parecía esperar la llegada de la noche para taparse con las mantas y abolir en el sueño algunas horas más de espera. Desde su auto el ingeniero escuchaba la charla de la muchacha del Dauphine con el viajante del DKW, que le contaba cuentos y la hacía reír sin ganas. Los sorprendió ver a la señora del Beaulieu que casi nunca abandonaba su auto, y bajó para saber si necesitaba alguna cosa, pero la señora buscaba solamente las últimas noticias y se puso a hablar con las monjas. Un hastío sin nombre pesaba sobre ellos al anochecer; se esperaba más del sueño que de las noticias siempre contradictorias o desmentidas. El amigo de Taunus llegó discretamente a buscar al ingeniero, al soldado y al hombre del 203. Taunus les anunció que el tripulante del Floride acababa de desertar; uno de los muchachos del Simca había visto el coche vacío, y después de un rato se había puesto a buscar a su dueño para matar el tedio. Nadie conocía mucho al hombre gordo del Floride, que tanto había protestado el primer día aunque después acabara por quedarse tan callado como el piloto del Caravelle. Cuando a las cinco de la mañana no quedó la menor duda de que Floride, como se divertían en llamarlo los chicos del Simca, había desertado llevándose una valija de mano y abandonando otra llena de camisas y ropa interior, Taunus decidió que uno de los muchachos se haría cargo del auto abandonado para no inmovilizar la columna. A todos los había fastidiado vagamente esa deserción en la oscuridad, y se preguntaban hasta dónde habría podido llegar Floride en su fuga a través de los campos. Por lo demás parecía ser la noche de las grandes decisiones: tendido en su cucheta del 404, al ingeniero le pareció oír un quejido, pero pensó que el soldado y su mujer serían responsables de algo que, después de todo, resultaba comprensible en plena noche y en esas circunstancias. Después lo pensó mejor y levantó la lona que cubría la ventanilla trasera; a la luz de unas pocas estrellas vio a un metro y medio el eterno parabrisas del Caravelle y detrás, como pegada al vidrio y un poco ladeada, la cara convulsa del hombre. Sin hacer ruido salió por el lado izquierdo para no despertar a las monjas, y se acercó al Caravelle. Después buscó a Taunus, y el soldado corrió a prevenir al médico. Desde luego el hombre se había suicidado tomando algún veneno; las líneas a lápiz en la agenda bastaban, y la carta dirigida a una tal Yvette, alguien que lo había abandonado en Vierzon. Por suerte la costumbre de dormir en los autos estaba bien establecida (las noches eran ya tan frías que a nadie se le hubiera ocurrido quedarse fuera) y a pocos les preocupaba que otros anduvieran entre los coches y se deslizaran hacia los bordes de la autopista para aliviarse. Taunus llamó a un consejo de guerra, y el médico estuvo de acuerdo con su propuesta. Dejar el cadáver al borde de la autopista significaba someter a los que venían más atrás a una sorpresa por lo menos penosa; llevarlo más lejos, en pleno campo, podía provocar la violenta repulsa de los lugareños, que la noche anterior habían amenazado y golpeado a un muchacho de otro grupo que buscaba de comer. El campesino del Ariane y el viajante del DKW tenían lo necesario para cerrar herméticamente el portaequipajes del Caravelle. Cuando empezaban su trabajo se les agregó la muchacha del Dauphine, que se colgó temblando del brazo del ingeniero. Él le explicó en voz baja lo que acababa de ocurrir y la devolvió a su auto, ya más tranquila. Taunus y sus hombres habían metido el cuerpo en el portaequipajes, y el viajante trabajó con scotch tape y tubos de cola líquida a la luz de la linterna del soldado. Como la mujer del 203 sabía conducir, Taunus resolvió que su marido se haría cargo del Caravelle que quedaba a la derecha del 203; así, por la mañana, la niña del 203 descubrió que su papá tenía otro auto, y jugó horas y horas a pasar de uno a otro y a instalar parte de sus juguetes en el Caravelle.

Por primera vez el frío se hacía sentir en pleno día, y nadie pensaba en quitarse las chaquetas. La muchacha del Dauphine y las monjas hicieron el inventario de los abrigos disponibles en el grupo. Había unos pocos pulóveres que aparecían por casualidad en los autos o en alguna valija, mantas, alguna gabardina o abrigo ligero. Se estableció una lista de prioridades, se distribuyeron los abrigos. Otra vez volvía a faltar el agua, y Taunus envió a tres de sus hombres, entre ellos el ingeniero, para que trataran de establecer contacto con los lugareños. Sin que pudiera saberse por qué, la resistencia exterior era total; bastaba salir del límite de la autopista para que desde cualquier sitio llovieran piedras. En plena noche alguien tiró una guadaña que golpeó sobre el techo del DKW y cayó al lado del Dauphine. El viajante se puso muy pálido y no se movió de su auto, pero el americano del De Soto (que no formaba parte del grupo de Taunus pero que todos apreciaban por su buen humor y sus risotadas) vino a la carrera y después de revolear la guadaña la devolvió campo afuera con todas sus fuerzas, maldiciendo a gritos. Sin embargo, Taunus no creía que conviniera ahondar la hostilidad; quizá fuese todavía posible hacer una salida en busca de agua.

Ya nadie llevaba la cuenta de lo que se había avanzado ese día o esos días; la muchacha del Dauphine creía que entre ochenta y doscientos metros; el ingeniero era menos optimista pero se divertía en prolongar y complicar los cálculos con su vecina, interesado a ratos en quitarle la compañía del viajante del DKW que le hacía la corte a su manera profesional. Esa misma tarde el muchacho encargado del Floride corrió a avisar a Taunus que un Ford Mercury ofrecía agua a buen precio. Taunus se negó, pero al anochecer una de las monjas le pidió al ingeniero un sorbo de agua para la anciana del ID que sufría sin quejarse, siempre tomada de la mano de su marido y atendida alternativamente por las monjas y la muchacha del Dauphine. Quedaba medio litro de agua, y las mujeres lo destinaron a la anciana señora del Beaulieu. Esa misma noche Taunus pagó de su bolsillo dos litros de agua; el Ford Mercury prometió conseguir más para el día siguiente, al doble del precio.

Era difícil reunirse para discutir, porque hacía tanto frío que nadie abandonaba los autos como no fuera por un motivo imperioso. Las baterías empezaban a descargarse y no se podía hacer funcionar todo el tiempo la calefacción; Taunus decidió que los dos coches mejor equipados se reservarían llegado el caso para los enfermos. Envueltos en mantas (los muchachos del Simca habían arrancado el tapizado de su auto para fabricarse chalecos y gorros, y otros empezaban a imitarlos), cada uno trataba de abrir lo menos posible las portezuelas para conservar el calor. En alguna de esas noches heladas el ingeniero oyó llorar ahogadamente a la muchacha del Dauphine. Sin hacer ruido, abrió poco a poco la portezuela y tanteó en la sombra hasta rozar una mejilla mojada. Casi sin resistencia la chica se dejó atraer al 404; el ingeniero la ayudó a tenderse en la cucheta, la abrigó con la única manta y le echó encima una gabardina. La oscuridad era más densa en el coche ambulancia, con sus ventanillas tapadas por las lonas de la tienda. En algún momento el ingeniero bajó los dos parasoles y colgó de ellos su camisa y un pulóver para aislar completamente el auto. Hacia el amanecer ella le dijo al oído que antes de empezar a llorar había creído ver a lo lejos, sobre la derecha, las luces de una ciudad.

Quizá fuera una ciudad pero las nieblas de la mañana no dejaban ver ni a veinte metros. Curiosamente ese día la columna avanzó bastante más, quizá doscientos o trescientos metros. Coincidió con nuevos anuncios de la radio (que casi nadie escuchaba, salvo Taunus que se sentía obligado a mantenerse al corriente); los locutores hablaban enfáticamente de medidas de excepción que liberarían la autopista, y se hacían referencias al agotador trabajo de las cuadrillas camineras y de las fuerzas policiales. Bruscamente, una de las monjas deliró. Mientras su compañera la contemplaba aterrada y la muchacha del Dauphine le humedecía las sienes con un resto de perfume, la monja habló de Armagedón, del noveno día, de la cadena de cinabrio. El médico vino mucho después, abriéndose paso entre la nieve que caía desde el mediodía y amurallaba poco a poco los autos. Deploró la carencia de una inyección calmante y aconsejó que llevaran a la monja a un auto con buena calefacción. Taunus la instaló en su coche, y el niño pasó al Caravelle donde también estaba su amiguita del 203; jugaban con sus autos y se divertían mucho porque eran los únicos que no pasaban hambre. Todo ese día y los siguientes nevó casi de continuo, y cuando la columna avanzaba unos metros había que despejar con medios improvisados las masas de nieve amontonadas entre los autos.

A nadie se le hubiera ocurrido asombrarse por la forma en que se obtenían las provisiones y el agua. Lo único que podía hacer Taunus era administrar los fondos comunes y tratar de sacar el mejor partido posible de algunos trueques. El Ford Mercury y un Porsche venían cada noche a traficar con las vituallas; Taunus y el ingeniero se encargaban de distribuirlas de acuerdo con el estado físico de cada uno. Increíblemente la anciana del ID sobrevivía, perdida en un sopor que las mujeres se cuidaban de disipar. La señora del Beaulieu que unos días antes había sufrido de náuseas y vahídos, se había repuesto con el frío y era de las que más ayudaban a la monja a cuidar a su compañera siempre débil y un poco extraviada. La mujer del soldado y la del 203 se encargaban de los dos niños, el viajante del DKW, quizá para consolarse de que la ocupante del Dauphine hubiera preferido al ingeniero pasaba horas contándoles cuentos a los niños. En la noche los grupos ingresaban en otra vida sigilosa y privada; las portezuelas se abrían silenciosamente para dejar entrar o salir alguna silueta aterida; nadie miraba a los demás, los ojos estaban tan ciegos como la sombra misma. Bajo mantas sucias, con manos de uñas crecidas, oliendo a encierro y a ropa sin cambiar, algo de felicidad duraba aquí y allá. La muchacha del Dauphine no se había equivocado: a lo lejos brillaba una ciudad, y poco a poco se irían acercando. Por las tardes el chico del Simca se trepaba al techo de su coche, vigía incorregible envuelto en pedazos de tapizado y estopa verde. Cansado de explorar el horizonte inútil, miraba por milésima vez los autos que lo rodeaban; con alguna envidia descubría a Dauphine en el auto del 404, una mano acariciando un cuello, el final de un beso. Por pura broma, ahora que había reconquistado la amistad del 404, les gritaba que la columna iba a moverse; entonces Dauphine tenía que abandonar al 404 y entrar en su auto, pero al rato volvía a pasarse en busca de calor, y al muchacho del Simca le hubiera gustado tanto poder traer a su coche a alguna chica de otro grupo, pero no era ni para pensarlo con ese frío y esa hambre, sin contar que el grupo de más adelante estaba en franco tren de hostilidad con el de Taunus por una historia de un tubo de leche condensada, y salvo las transacciones oficiales con Ford Mercury y con Porsche no había relación posible con los otros grupos. Entonces el muchacho del Simca suspiraba descontento y volvía a hacer de vigía hasta que la nieve y el frío lo obligaban a meterse tiritando en su auto.

Pero el frío empezó a ceder, y después de un periodo de lluvias y vientos que enervaron los ánimos y aumentaron las dificultades de aprovisionamiento, siguieron días frescos y soleados en que ya era posible salir de los autos, visitarse, reanudar relaciones con los grupos vecinos. Los jefes habían discutido la situación, y finalmente se logró hacer la paz con el grupo de más adelante. De la brusca desaparición de Ford Mercury se habló mucho tiempo sin que nadie supiera lo que había podido ocurrirle, pero Porsche siguió viniendo y controlando el mercado negro. Nunca faltaban del todo el agua o las conservas, aunque los fondos del grupo disminuían y Taunus y el ingeniero se preguntaban qué ocurriría el día en que no hubiera más dinero para Porsche. Se habló de un golpe de mano, de hacerlo prisionero y exigirle que revelara la fuente de los suministros, pero en esos días la columna había avanzado un buen trecho y los jefes prefirieron seguir esperando y evitar el riesgo de echarlo todo a perder por una decisión violenta. Al ingeniero, que había acabado por ceder a una indiferencia casi agradable, lo sobresaltó por un momento el tímido anuncio de la muchacha del Dauphine, pero después comprendió que no se podía hacer nada para evitarlo y la idea de tener un hijo de ella acabó por parecerle tan natural como el reparto nocturno de las provisiones o los viajes furtivos hasta el borde de la autopista. Tampoco la muerte de la anciana del ID podía sorprender a nadie. Hubo que trabajar otra vez en plena noche, acompañar y consolar al marido que no se resignaba a entender. Entre dos de los grupos de vanguardia estalló una pelea y Taunus tuvo que oficiar de árbitro y resolver precariamente la diferencia. Todo sucedía en cualquier momento, sin horarios previsibles; lo más importante empezó cuando ya nadie lo esperaba, y al menos responsable le tocó darse cuenta el primero. Trepado en el techo del Simca, el alegre vigía tuvo la impresión de que el horizonte había cambiado (era al atardecer, un sol amarillento deslizaba su luz rasante y mezquina) y que algo inconcebible estaba ocurriendo a quinientos metros, a trescientos, a doscientos cincuenta. Se lo gritó al 404 y el 404 le dijo algo a Dauphine que se pasó rápidamente a su auto cuando ya Taunus, el soldado y el campesino venían corriendo y desde el techo del Simca el muchacho señalaba hacia adelante y repetía interminablemente el anuncio como si quisiera convencerse de que lo que estaba viendo era verdad; entonces oyeron la conmoción, algo como un pesado pero incontenible movimiento migratorio que despertaba de un interminable sopor y ensayaba sus fuerzas. Taunus les ordenó a gritos que volvieran a sus coches; el Beaulieu, el ID, el Fiat 600 y el De Soto arrancaron con un mismo impulso. Ahora el 2HP, el Taunus, el Simca y el Ariane empezaban a moverse, y el muchacho del Simca, orgulloso de algo que era como su triunfo, se volvía hacia el 404 y agitaba el brazo mientras el 404, el Dauphine, el 2HP de las monjas y el DKW se ponían a su vez en marcha. Pero todo estaba en saber cuánto iba a durar eso; el 404 se lo preguntó casi por rutina mientras se mantenía a la par de Dauphine y le sonreía para darle ánimo. Detrás, el Volkswagen, el Caravelle, el 203 y el Floride arrancaban a su vez lentamente, un trecho en primera velocidad, después la segunda, interminablemente la segunda pero ya sin desembragar como tantas veces, con el pie firme en el acelerador, esperando poder pasar a tercera. Estirando el brazo izquierdo el 404 buscó la mano de Dauphine, rozó apenas la punta de sus dedos, vio en su cara una sonrisa de incrédula esperanza y pensó que iban a llegar a París y que se bañarían, que irían juntos a cualquier lado, a su casa o a la de ella a bañarse, a comer, a bañarse interminablemente y a comer y beber, y que después habría muebles, habría un dormitorio con muebles y un cuarto de baño con espuma de jabón para afeitarse de verdad, y retretes, comidas y retretes y sábanas, París era un retrete y dos sábanas y el agua caliente por el pecho y las piernas, y una tijera de uñas, y vino blanco, beberían vino blanco antes de besarse y sentirse oler a lavanda y a colonia, antes de conocerse de verdad a plena luz, entre sábanas limpias, y volver a bañarse por juego, amarse y bañarse y beber y entrar en la peluquería, entrar en el baño, acariciar las sábanas y acariciarse entre las sábanas y amarse entre la espuma y la lavanda y los cepillos antes de empezar a pensar en lo que iban a hacer, en el hijo y los problemas y el futuro, y todo eso siempre que no se detuvieran, que la columna continuara aunque todavía no se pudiese subir a la tercera velocidad, seguir así en segunda, pero seguir. Con los paragolpes rozando el Simca, el 404 se echó atrás en el asiento, sintió aumentar la velocidad, sintió que podía acelerar sin peligro de irse contra el Simca, y que el Simca

aceleraba sin peligro de chocar contra el Beaulieu, y que detrás venía el Caravelle y que todos
aceleraban más y más, y que ya se podía pasar a
tercera sin que el motor penara, y la palanca
calzó increíblemente en la tercera y la marcha
se hizo suave y se aceleró todavía más, y el 404
miró enternecido y deslumbrado a su izquierda
buscando los ojos de Dauphine. Era natural
que con tanta aceleración las filas ya no se
mantuvieran paralelas, Dauphine se había ade-
lantado casi un metro y el 404 le veía la nuca y
apenas el perfil, justamente cuando ella se volvía para mirarlo y hacía un gesto de sorpresa al
ver que el 404 se retrasaba todavía más. Tran-
quilizándola con una sonrisa el 404 aceleró
bruscamente, pero casi en seguida tuvo que
frenar porque estaba a punto de rozar el Simca;
le tocó secamente la bocina y el muchacho del
Simca lo miró por el retrovisor y le hizo un
gesto de impotencia, mostrándole con la mano
izquierda el Beaulieu pegado a su auto. El
Dauphine iba tres metros más adelante, a la altura del Simca, y la niña del 203, al nivel del
404, agitaba los brazos y le mostraba su muñeca. Una mancha roja a la derecha desconcer-
tó al 404; en vez del 2HP de las monjas o
del Volkswagen del soldado vio un Chevrolet

desconocido, y casi en seguida el Chevrolet se adelantó seguido por un Lancia y por un Renault 8. A su izquierda se le apareaba un ID que empezaba a sacarle ventaja metro a metro, pero antes de que fuera sustituido por un 403, el 404 alcanzó a distinguir todavía en la delantera el 203 que ocultaba ya a Dauphine. El grupo se dislocaba, ya no existía, Taunus debía de estar a más de veinte metros adelante, seguido de Dauphine; al mismo tiempo la tercera fila de la izquierda se atrasaba porque en vez del DKW del viajante, el 404 alcanzaba a ver la parte trasera de un viejo furgón negro, quizá un Citroën o un Peugeot. Los autos corrían en tercera, adelantándose o perdiendo terreno según el ritmo de su fila, y a los lados de la autopista se veían huir los árboles, algunas casas entre las masas de niebla y el anochecer. Después fueron las luces rojas que todos encendían siguiendo el ejemplo de los que iban adelante, la noche que se cerraba bruscamente. De cuando en cuando sonaban bocinas, las agujas de los velocímetros subían cada vez más, algunas filas corrían a setenta kilómetros, otras a sesenta y cinco, algunas a sesenta. El 404 había esperado todavía que el avance y el retroceso de las filas le permitiera alcanzar otra vez a Dauphine, pero cada minuto lo iba convenciendo de que era inútil, que el grupo se había disuelto irrevocablemente, que ya no volverían a repetirse los encuentros rutinarios, los mínimos rituales, los consejos de guerra en el auto de Taunus, las caricias de Dauphine en la paz de la madrugada, las risas de los niños jugando con sus autos, la imagen de la monja pasando las cuentas del rosario. Cuando se encendieron las luces de los frenos del Simca, el 404 redujo la marcha con un absurdo sentimiento de esperanza, y apenas puesto el freno de mano saltó del auto y corrió hacia adelante. Fuera del Simca y el Beaulieu (más atrás estaría el Caravelle, pero poco le importaba) no reconoció ningún auto; a través de cristales diferentes lo miraban con sorpresa y quizás escándalo otros rostros que no había visto nunca. Sonaban las bocinas, y el 404 tuvo que volver a su auto; el chico del Simca le hizo un gesto amistoso, como si comprendiera, y señaló alentadoramente en dirección de París. La columna volvía a ponerse en marcha, lentamente durante unos minutos y luego como si la autopista estuviera definitivamente libre. A la izquierda del 404 corría un Taunus, y por un segundo al 404 le pareció que el grupo se recomponía, que todo entraba en el orden, que se podría seguir adelante sin destruir nada. Pero era un Taunus verde, y en el volante había una mujer con anteojos ahumados que miraba fijamente hacia adelante. No se podía hacer otra cosa que abandonarse a la marcha, adaptarse mecánicamente a la velocidad de los autos que lo rodeaban, no pensar. En el Volkswagen del soldado debía estar su chaqueta de cuero. Taunus tenía la novela que él había leído en los primeros días. Un frasco de lavanda casi vacío en el 2HP de las monjas. Y él tenía ahí, tocándolo a veces con la mano derecha, el osito de felpa que Dauphine le había regalado como mascota. Absurdamente se aferró a la idea de que a las nueve y media se distribuirían los alimentos, habría que visitar a los enfermos, examinar la situación con Taunus y el campesino del Ariane; después sería la noche, sería Dauphine subiendo sigilosamente a su auto, las estrellas o las nubes, la vida. Sí, tenía que ser así, no era posible que eso hubiera terminado para siempre. Tal vez el soldado consiguiera una ración de agua, que había escaseado en las últimas horas; de todos modos se podía contar con Porsche, siempre que se le pagara el precio que pedía. Y en la antena de la radio flotaba locamente la bandera con la cruz roja, y se corría a ochenta kilómetros por hora hacia las luces que crecían poco a poco, sin que ya se supiera bien por qué tanto apuro, por qué esa carrera en la noche entre autos desconocidos donde nadie sabía nada de los otros, donde todo el mundo miraba fijamente hacia adelante, exclusivamente hacia adelante.

La salud de los enfermos

Cuando inesperadamente tía Clelia se sintió mal en la familia hubo un momento de pánico y por varias horas nadie fue capaz de reaccionar y discutir un plan de acción, ni siquiera tío Roque que encontraba siempre la salida más atinada. A Carlos lo llamaron por teléfono a la oficina, Rosa y Pepe despidieron a los alumnos de piano y solfeo, y hasta tía Clelia se preocupó más por mamá que por ella misma. Estaba segura de que lo que sentía no era grave, pero a mamá no se le podían dar noticias inquietantes con su presión y su azúcar, de sobra sabían todos que el doctor Bonifaz había sido el primero en comprender y aprobar que le ocultaran a mamá lo de Alejandro. Si tía Clelia tenía que guardar cama era necesario encontrar alguna manera de que mamá no sospechara que estaba enferma, pero ya lo de

Alejandro se había vuelto tan difícil y ahora se agregaba esto; la menor equivocación, y acabaría por saber la verdad. Aunque la casa era grande, había que tener en cuenta el oído tan afinado de mamá y su inquietante capacidad para adivinar dónde estaba cada uno. Pepa, que había llamado al doctor Bonifaz desde el teléfono de arriba, avisó a sus hermanos que el médico vendría lo antes posible y que dejaran entornada la puerta cancel para que entrase sin llamar. Mientras Rosa y tío Roque atendían a tía Clelia que había tenido dos desmayos y se quejaba de un insoportable dolor de cabeza, Carlos se quedó con mamá para contarle las novedades del conflicto diplomático con el Brasil y leerle las últimas noticias. Mamá estaba de buen humor esa tarde y no le dolía la cintura como casi siempre a la hora de la siesta. A todos les fue preguntando qué les pasaba que parecían tan nerviosos, y en la casa se habló de la baja presión y de los efectos nefastos de los mejoradores en el pan. A la hora del té vino tío Roque a charlar con mamá, y Carlos pudo darse un baño y quedarse a la espera del médico. Tía Clelia seguía mejor, pero le costaba moverse en la cama y ya casi no se interesaba por lo que tanto la había preocupado al salir del primer vahído. Pepa y Rosa se turnaron junto a ella, ofreciéndole té y agua sin que les contestara; la casa se apaciguó con el atardecer y los hermanos se dijeron que tal vez lo de tía Clelia no era grave, y que a la tarde siguiente volvería a entrar en el dormitorio de mamá como si no le hubiese pasado nada.

Con Alejandro las cosas habían sido mucho peores, porque Alejandro se había matado en un accidente de auto a poco de llegar a Montevideo donde lo esperaban en casa de un ingeniero amigo. Ya hacía casi un año de eso, pero siempre seguía siendo el primer día para los hermanos y los tíos, para todos menos para mamá, ya que para mamá Alejandro estaba en el Brasil donde una firma de Recife le había encargado la instalación de una fábrica de cemento. La idea de preparar a mamá, de insinuarle que Alejandro había tenido un accidente y que estaba levemente herido, no se les había ocurrido siquiera después de las prevenciones del doctor Bonifaz. Hasta María Laura, más allá de toda comprensión en esas primeras horas, había admitido que no era posible darle la noticia a mamá. Carlos y el padre de María Laura viajaron al Uruguay para traer el cuerpo de Alejandro, mientras la familia cuidaba como siempre de mamá que ese día estaba dolorida y difícil. El club de ingeniería aceptó que el velorio se hiciera en su sede y Pepa, la más ocupada con mamá, ni siquiera alcanzó a ver el ataúd de Alejandro mientras los otros se turnaban de hora en hora y acompañaban a la pobre María Laura perdida en un horror sin lágrimas. Como casi siempre, a tío Roque le tocó pensar. Habló de madrugada con Carlos, que lloraba silenciosamente a su hermano con la cabeza apoyada en la carpeta verde de la mesa del comedor donde tantas veces habían jugado a las cartas. Después se les agregó tía Clelia, porque mamá dormía toda la noche y no había que preocuparse por ella. Con el acuerdo tácito de Rosa y de Pepa, decidieron las primeras medidas, empezando por el secuestro de *La Nación* —a veces mamá se animaba a leer el diario unos minutos— y todos estuvieron de acuerdo con lo que había pensado el tío Roque. Fue así como una empresa brasileña contrató a Alejandro para que pasara un año en Recife, y Alejandro tuvo que renunciar en pocas horas a sus breves vacaciones en casa del ingeniero amigo, hacer su valija y saltar al primer avión. Mamá tenía que comprender que eran nuevos tiempos, que los industriales no entendían de sentimientos, pero Alejandro ya encontraría la manera de tomarse una semana de vacaciones a mitad de año y bajar a Buenos Aires. A mamá le pareció muy bien todo eso, aunque lloró un poco y hubo que darle a respirar sus sales. Carlos, que sabía hacerla reír, le dijo que era una vergüenza que llorara por el primer éxito del benjamín de la familia, y que a Alejandro no le hubiera gustado enterarse de que recibían así la noticia de su contrato. Entonces mamá se tranquilizó y dijo que bebería un dedo de málaga a la salud de Alejandro. Carlos salió bruscamente a buscar el vino, pero fue Rosa quien lo trajo y quien brindó con mamá.

La vida de mamá era bien penosa, y aunque poco se quejaba había que hacer todo lo posible por acompañarla y distraerla. Cuando al día siguiente del entierro de Alejandro se extrañó de que María Laura no hubiese venido a visitarla como todos los jueves, Pepa fue por la tarde a casa de los Novalli para hablar con María Laura. A esa hora tío Roque estaba en el estudio de un abogado amigo, explicándole la situación; el abogado prometió escribir inmediatamente a su hermano que trabajaba en Recife (las ciudades no se elegían al azar en casa de mamá) y organizar lo de la correspondencia.

El doctor Bonifaz ya había visitado como por casualidad a mamá, y después de examinarle la vista la encontró bastante mejor pero le pidió que por unos días se abstuviera de leer los diarios. Tía Clelia se encargó de comentarle las noticias más interesantes; por suerte a mamá no le gustaban los noticieros radiales porque eran vulgares y a cada rato había avisos de remedios nada seguros que la gente tomaba contra viento y marea y así les iba.

María Laura vino el viernes por la tarde y habló de lo mucho que tenía que estudiar para los exámenes de arquitectura.

—Sí, mi hijita —dijo mamá, mirándola con afecto—. Tenés los ojos colorados de leer, y eso es malo. Ponete unas compresas con hamamelis, que es lo mejor que hay.

Rosa y Pepa estaban ahí para intervenir a cada momento en la conversación, y María Laura pudo resistir y hasta sonrió cuando mamá se puso a hablar de ese pícaro de novio que se iba tan lejos y casi sin avisar. La juventud moderna era así, el mundo se había vuelto loco y todos andaban apurados y sin tiempo para nada. Después mamá se perdió en las ya sabidas anécdotas de padres y abuelos, y vino el café y después entró Carlos con bromas y cuentos, y en algún momento tío Roque se paró en la puerta del dormitorio y los miró con su aire bonachón, y todo pasó como tenía que pasar hasta la hora del descanso de mamá.

La familia se fue habituando, a María Laura le costó más pero en cambio sólo tenía que ver a mamá los jueves; un día llegó la primera carta de Alejandro (mamá se había extrañado ya dos veces de su silencio) y Carlos se la leyó al pie de la cama. A Alejandro le había encantado Recife, hablaba del puerto, de los vendedores de papagayos y del sabor de los refrescos, a la familia se le hacía agua la boca cuando se enteraba de que los ananás no costaban nada, y que el café era de verdad y con una fragancia... Mamá pidió que le mostraran el sobre, y dijo que habría que darle la estampilla al chico de los Marolda que era filatelista, aunque a ella no le gustaba nada que los chicos anduvieran con las estampillas porque después no se lavaban las manos y las estampillas habían rodado por todo el mundo.

—Les pasan la lengua para pegarlas —decía siempre mamá— y los microbios quedan ahí y se incuban, es sabido. Pero dásela lo mismo, total ya tiene tantas que una más...

Al otro día mamá llamó a Rosa y le dictó una carta para Alejandro, preguntándole cuándo iba a poder tomarse vacaciones y si el viaje no le costaría demasiado. Le explicó cómo se sentía y le habló del ascenso que acababan de darle a Carlos y del premio que había sacado uno de los alumnos de piano de Pepa. También le dijo que María Laura la visitaba sin faltar ni un solo jueves, pero que estudiaba demasiado y que eso era malo para la vista. Cuando la carta estuvo escrita, mamá la firmó al pie con un lápiz, y besó suavemente el papel. Pepa se levantó con el pretexto de ir a buscar un sobre, y tía Clelia vino con las pastillas de las cinco y unas flores para el jarrón de la cómoda.

Nada era fácil, porque en esa época la presión de mamá subió todavía más y la familia llegó a preguntarse si no habría alguna influencia inconsciente, algo que desbordaba del comportamiento de todos ellos, una inquietud y un desánimo que hacían daño a mamá a pesar de las precauciones y la falsa alegría. Pero no podía ser, porque a fuerza de fingir las risas todos habían acabado por reírse de veras con mamá, y a veces se hacían bromas y se tiraban manotazos aunque no estuvieran con ella, y después se miraban como si se despertaran bruscamente, y Pepa se ponía muy colorada y Carlos encendía un cigarrillo con la cabeza gacha. Lo único importante en el fondo era que pasara el tiempo y que mamá no se diese cuenta de nada. Tío Roque había hablado con el doctor Bonifaz, y todos estaban de acuerdo en que había que continuar indefinidamente la comedia piadosa, como la calificaba tía Clelia. El único problema eran las visitas de María Laura porque mamá insistía naturalmente en hablar de Alejandro, quería saber si se casarían apenas él volviera de Recife o si ese loco de hijo iba a aceptar otro contrato lejos y por tanto tiempo. No quedaba más remedio que entrar a cada momento en el dormitorio y distraer a mamá, quitarle a María Laura que se mantenía muy quieta en su silla, con las manos apretadas hasta hacerse daño, pero un día mamá le preguntó a tía Clelia por qué todos se precipitaban en esa forma cuando María Laura venía a verla, como si fuera la única ocasión que tenían de estar con ella. Tía Clelia se echó a reír y le dijo que todos veían un poco a Alejandro en María Laura, y que por eso les gustaba estar con ella cuando venía.

—Tenés razón, María Laura es tan buena —dijo mamá—. El bandido de mi hijo no se la merece, creeme.

—Mirá quién habla —dijo tía Clelia—. Si se te cae la baba cuando nombrás a tu hijo.

Mamá también se puso a reír, y se acordó de que en esos días iba a llegar carta de Alejandro. La carta llegó y tío Roque la trajo junto con el té de las cinco. Esa vez mamá quiso leer la carta y pidió sus anteojos de ver cerca. Leyó aplicadamente, como si cada frase fuera un bocado que había que dar vueltas y vueltas paladeándolo.

—Los muchachos de ahora no tienen respeto —dijo sin darle demasiada importancia—. Está bien que en mi tiempo no se usaban esas máquinas, pero yo no me hubiera atrevido jamás a escribir así a mi padre, ni vos tampoco.

—Claro que no —dijo tío Roque—. Con el genio que tenía el viejo.

—A vos no se te cae nunca eso del viejo, Roque. Sabés que no me gusta oírtelo decir, pero te da igual. Acordate cómo se ponía mamá.

—Bueno, está bien. Lo de viejo es una manera de decir, no tiene nada que ver con el respeto.

—Es muy raro —dijo mamá, quitándose los anteojos y mirando las molduras del cielo raso—. Ya van cinco o seis cartas de Alejandro, y en ninguna me llama… Ah, pero es un secreto entre los dos. Es raro sabés. ¿Por qué no me ha llamado así ni una sola vez?

—A lo mejor al muchacho le parece tonto escribírtelo. Una cosa es que te diga... ¿cómo te dice...?

—Es un secreto —dijo mamá—. Un secreto entre mi hijito y yo.

Ni Pepa ni Rosa sabían de ese nombre, y Carlos se encogió de hombros cuando le preguntamos.

—¿Qué querés, tío? Lo más que puedo hacer es falsificarle la firma. Yo creo que mamá se va a olvidar de eso, no te lo tomes tan a pecho.

A los cuatro o cinco meses, después de una carta de Aleandro en la que explicaba lo mucho que tenía que hacer (aunque estaba contento porque era una gran oportunidad para un ingeniero joven), mamá insistió en que ya era tiempo de que se tomara unas vacaciones y bajara a Buenos Aires. A Rosa, que escribía la respuesta de mamá, le pareció que dictaba más lentamente, como si hubiera estado pensando mucho cada frase.

—Vaya a saber si el pobre podrá venir —comentó Rosa como al descuido—. Sería una lástima que se malquiste con la empresa justamente ahora que le va tan bien y está tan contento.

Mamá siguió dictando como si no hubiera oído. Su salud dejaba mucho que desear y le hubiera gustado ver a Alejandro, aunque sólo fuese por unos días. Alejandro tenía que pensar también en María Laura, no porque ella creyese que descuidaba a su novia, pero un cariño no vive de palabras bonitas y promesas a la distancia. En fin, esperaba que Alejandro le escribiera pronto con buenas noticias. Rosa se fijó que mamá no besaba el papel después de firmar, pero que miraba fijamente la carta como si quisiera grabársela en la memoria. «Pobre Alejandro», pensó Rosa, y después se santiguó bruscamente sin que mamá la viera.

—Mirá —le dijo tío Roque a Carlos cuando esa noche se quedaron solos para su partida de dominó—, yo creo que esto se va a poner feo. Habrá que inventar alguna cosa plausible, o al final se dará cuenta.

—Qué sé yo, tío. Lo mejor será que Alejandro conteste de una manera que la deje contenta por un tiempo más. La pobre está tan delicada, no se puede ni pensar en…

—Nadie habló de eso, muchacho. Pero yo te digo que tu madre es de las que no aflojan. Está en la familia, che.

Mamá leyó sin hacer comentarios la respuesta evasiva de Alejandro, que trataría de conseguir vacaciones apenas entregara el primer sector instalado de la fábrica. Cuando esa tarde llegó María Laura, le pidió que intercediera para que Alejandro viniese aunque no fuera más que una semana a Buenos Aires. María Laura le dijo después a Rosa que mamá se lo había pedido en el único momento en que nadie más podía escucharla. Tío Roque fue el primero en sugerir lo que todos habían pensado ya tantas veces sin animarse a decirlo por lo claro, y cuando mamá le dictó a Rosa otra carta para Alejandro, insistiendo en que viniera, se decidió que no quedaba más remedio que hacer la tentativa y ver si mamá estaba en condiciones de recibir una primera noticia desagradable. Carlos consultó al doctor Bonifaz, que aconsejó prudencia y unas gotas. Dejaron pasar el tiempo necesario, y una tarde tío Roque vino a sentarse a los pies de la cama de mamá, mientras Rosa cebaba un mate y miraba por la ventana del balcón, al lado de la cómoda de los remedios.

—Fíjate que ahora empiezo a entender un poco por qué este diablo de sobrino no se decide a venir a vernos —dijo tío Roque—. Lo que pasa es que no te ha querido afligir, sabiendo que todavía no estás bien.

Mamá lo miró como si no comprendiera.

—Hoy telefonearon los Novalli, parece que María Laura recibió noticias de Alejandro. Está bien, pero no va a poder viajar por unos meses.

—¿Por qué no va a poder viajar? —preguntó mamá.

—Porque tiene algo en un pie, parece. En el tobillo, creo. Hay que preguntarle a María Laura para que diga lo que pasa. El viejo Novalli habló de una fractura o algo así.

—¿Fractura de tobillo? —dijo mamá.

Antes de que tío Roque pudiera contestar, ya Rosa estaba con el frasco de sales. El doctor Bonifaz vino en seguida, y todo pasó en unas horas, pero fueron horas largas y el doctor Bonifaz no se separó de la familia hasta entrada la noche. Recién dos días después mamá se sintió lo bastante repuesta como para pedirle a Pepa que le escribiera a Alejandro. Cuando Pepa, que no había entendido bien, vino como siempre con el bloc y la lapicera, mamá cerró los ojos y negó con la cabeza.

—Escribile vos, nomás. Decile que se cuide.

Pepa obedeció, sin saber por qué escribía una frase tras otra puesto que mamá no iba a leer la carta. Esa noche le dijo a Carlos que todo el tiempo, mientras escribía al lado de la cama de mamá, había tenido la absoluta seguridad de que mamá no iba a leer ni a firmar esa carta. Seguía con los ojos cerrados y no los abrió hasta la hora de la tisana; parecía haberse olvidado, estar pensando en otras cosas.

Alejandro contestó con el tono más natural del mundo, explicando que no había querido contar lo de la fractura para no afligirla. Al principio se habían equivocado y le habían puesto un yeso que hubo que cambiar, pero ya estaba mejor y en unas semanas podría empezar a caminar. En total tenía para unos dos meses, aunque lo malo era que su trabajo se había retrasado una barbaridad en el peor momento, y…

Carlos, que leía la carta en voz alta, tuvo la impresión de que mamá no lo escuchaba como otras veces. De cuando en cuando miraba el reloj, lo que en ella era signo de impaciencia. A las siete Rosa tenía que traerle el caldo con las gotas del doctor Bonifaz, y eran las siete y cinco.

—Bueno —dijo Carlos, doblando la carta—. Ya ves que todo va bien, al pibe no le ha pasado nada serio.

—Claro —dijo mamá—. Mirá, decile a Rosa que se apure, querés.

A María Laura, mamá le escuchó atentamente las explicaciones sobre la fractura de

Alejandro, y hasta le dijo que le recomendara unas fricciones que tanto bien le habían hecho a su padre cuando la caída del caballo en Matanzas. Casi en seguida, como si formara parte de la misma frase, preguntó si no le podían dar unas gotas de agua de azahar, que siempre le aclaraban la cabeza.

La primera en hablar fue María Laura, esa misma tarde. Se lo dijo a Rosa en la sala, antes de irse, y Rosa se quedó mirándola como si no pudiera creer lo que había oído.

—Por favor —dijo Rosa—. ¿Cómo podés imaginarte una cosa así?

—No me la imagino, es la verdad —dijo María Laura—. Y yo no vuelvo más, Rosa, pídanme lo que quieran, pero yo no vuelvo a entrar en esa pieza.

En el fondo a nadie le pareció demasiado absurda la fantasía de María Laura. Pero Clelia resumió el sentimiento de todos cuando dijo que en una casa como la de ellos un deber era un deber. A Rosa le tocó ir a lo de los Novalli, pero María Laura tuvo un ataque de llanto tan histérico que no quedó más remedio que acatar su decisión; Pepa y Rosa empezaron esa misma tarde a hacer comentarios sobre lo mucho que tenía que estudiar la pobre chica y lo cansada que estaba. Mamá no dijo nada, y cuando llegó el jueves no preguntó por María Laura. Ese jueves se cumplían diez meses de la partida de Alejandro al Brasil. La empresa estaba tan satisfecha de sus servicios, que unas semanas después le propusieron una renovación del contrato por otro año, siempre que aceptara irse de inmediato a Belén para instalar otra fábrica. A tío Roque le parecía eso formidable, un gran triunfo para un muchacho de tan pocos años.

—Alejandro fue siempre el más inteligente —explicó mamá—. Así como Carlos es el más tesonero.

—Tenés razón —dijo tío Roque, preguntándose de pronto qué mosca le habría picado aquel día a María Laura—. La verdad es que te han salido unos hijos que valen la pena, hermana.

—Oh, sí, no me puedo quejar. A su padre le hubiera gustado verlos ya grandes. Las chicas, tan buenas, y el pobre Carlos, tan de su casa.

—Y Alejandro, con tanto porvenir.

—Ah, sí —dijo mamá.

—Fijate nomás en ese nuevo contrato que le ofrecen... En fin, cuando estés con ánimo le contestarás a tu hijo; debe andar con la cola entre las piernas pensando que la noticia de la renovación no te va a gustar.

—Ah, sí —repitió mamá, mirando al cielo raso—. Decile a Pepa que le escriba, ella ya sabe.

Pepa escribió, sin estar muy segura de lo que debía decirle a Alejandro, pero convencida de que siempre era mejor tener un texto completo para evitar contradicciones en las respuestas. Alejandro, por su parte, se alegró mucho de que mamá comprendiera la oportunidad que se le presentaba. Lo del tobillo iba muy bien, apenas pudiera pediría vacaciones para venirse a estar con ellos una quincena. Mamá asintió con un leve gesto, y preguntó si ya había llegado *La Razón* para que Carlos le leyera los telegramas. En la casa todo se había ordenado sin esfuerzo, ahora que parecían haber terminado los sobresaltos y la salud de mamá se mantenía estacionaria. Los hijos se turnaban para acompañarla; tío Roque y tía Clelia entraban y salían en cualquier momento. Carlos le leía el diario a mamá por la noche, y Pepa por la mañana. Rosa y tía Clelia se ocupaban de los medicamentos y los baños; tío Roque tomaba mate en su cuarto dos o tres veces al día. Mamá no estaba nunca sola, no preguntaba nunca por María Laura; cada tres semanas recibía sin comentarios las noticias de Alejandro; le decía a Pepa que contestara y hablaba de otra cosa, siempre inteligente y atenta y alejada.

Fue en esa época cuando tío Roque empezó a leerle las noticias de la tensión con el Brasil. Las primeras las había escrito en los bordes del diario, pero mamá no se preocupaba por la perfección de la lectura y después de unos días tío Roque se acostumbró a inventar en el momento. Al principio acompañaba los inquietantes telegramas con algún comentario sobre los problemas que eso podría traerle a Alejandro y a los demás argentinos en el Brasil, pero como mamá no parecía preocuparse dejó de insistir aunque cada tantos días agravaba un poco la situación. En las cartas de Alejandro se mencionaba la posibilidad de una ruptura de relaciones, aunque el muchacho era el optimista de siempre y estaba convencido de que los cancilleres arreglarían el litigio.

Mamá no hacía comentarios, tal vez porque aún faltaba mucho para que Alejandro pudiera pedir licencia, pero una noche le preguntó bruscamente al doctor Bonifaz si la situación con el Brasil era tan grave como decían los diarios.

—¿Con el Brasil? Bueno, sí, las cosas no andan muy bien —dijo el médico—. Esperemos que el buen sentido de los estadistas...

Mamá lo miraba como sorprendida de que le hubiese respondido sin vacilar. Suspiró levemente, y cambió la conversación. Esa noche estuvo más animada que otras veces, y el doctor Bonifaz se retiró satisfecho. Al otro día se enfermó tía Clelia; los desmayos parecían cosa pasajera, pero el doctor Bonifaz habló con tío Roque y aconsejó que internaran a tía Clelia en un sanatorio. A mamá, que en ese momento escuchaba las noticias del Brasil que le traía Carlos con el diario de la noche, le dijeron que tía Clelia estaba con una jaqueca que no la dejaba moverse de la cama. Tuvieron toda la noche para pensar en lo que harían, pero tío Roque estaba como anonadado después de hablar con el doctor Bonifaz, y a Carlos y a las chicas les tocó decidir. A Rosa se le ocurrió lo de la quinta de Manolita Valle y el aire puro; al segundo día de la jaqueca de tía Clelia, Carlos llevó la conversación con tanta habilidad que fue como si mamá en persona hubiera aconsejado una temporada en la quinta de Manolita que tanto bien le haría a Clelia. Un compañero de oficina de Carlos se ofreció para llevarla en su auto, ya que el tren era fatigoso con esa jaqueca. Tía Clelia fue la primera en querer despedirse de mamá para que mamá le recomendase que no tomara frío en esos autos de ahora y que se acordara del laxante de frutas cada noche.

—Clelia estaba muy congestionada —le dijo mamá a Pepa por la tarde—. Me hizo mala impresión, sabés.

—Oh, con unos días en la quinta se va a reponer lo más bien. Estaba un poco cansada estos meses; me acuerdo de que Manolita le había dicho que fuera a acompañarla a la quinta.

—¿Sí? Es raro, nunca me lo dijo.

—Por no afligirte, supongo.

—¿Y cuánto tiempo se va a quedar, hijita?

Pepa no sabía, pero ya le preguntarían al doctor Bonifaz que era el que había aconsejado el cambio de aire. Mamá no volvió a hablar del asunto hasta algunos días después (tía Clelia acababa de tener un síncope en el sanatorio, y Rosa se turnaba con tío Roque para acompañarla).

—Me pregunto cuándo va a volver Clelia —dijo mamá.

—Vamos, por una vez que la pobre se decide a dejarte y a cambiar un poco de aire…

—Sí, pero lo que tenía no era nada, dijeron ustedes.

—Claro que no es nada. Ahora se estará quedando por gusto, o por acompañar a Manolita; ya sabés cómo son de amigas.

—Telefoneá a la quinta y averiguá cuándo va a volver —dijo mamá.

Rosa telefoneó a la quinta, y le dijeron que tía Clelia estaba mejor, pero que todavía se sentía un poco débil, de manera que iba a aprovechar para quedarse. El tiempo estaba espléndido en Olavarría.

—No me gusta nada eso —dijo mamá—. Clelia ya tendría que haber vuelto.

—Por favor, mamá, no te preocupés tanto. ¿Por qué no te mejorás vos lo antes posible, y te vas con Clelia y Manolita a tomar sol a la quinta?

—¿Yo? —dijo mamá, mirando a Carlos con algo que se parecía al asombro, al escándalo, al insulto. Carlos se echó a reír para disimular lo que sentía (tía Clelia estaba gravísima, Pepa acababa de telefonear) y la besó en la mejilla como a una niña traviesa.

—Mamita tonta —dijo, tratando de no pensar en nada.

Esa noche mamá durmió mal y desde el amanecer preguntó por Clelia, como si a esa hora se pudieran tener noticias de la quinta (tía Clelia acababa de morir y habían decidido velarla en la funeraria). A las ocho llamaron a la quinta desde el teléfono de la sala, para que mamá pudiera escuchar la conversación, y por suerte tía Clelia había pasado bastante buena noche aunque el médico de Manolita aconsejaba que se quedase mientras siguiera el buen tiempo. Carlos estaba muy contento con el cierre de la oficina por inventario y balance, y vino en piyama a tomar mate al pie de la cama de mamá y a darle conversación.

—Mirá —dijo mamá—, yo creo que habría que escribirle a Alejandro que venga a ver a su tía. Siempre fue el preferido de Clelia, y es justo que venga.

—Pero si tía Clelia no tiene nada, mamá. Si Alejandro no ha podido venir a verte a vos, imaginate…

—Allá él —dijo mamá—. Vos escribile y decile que Clelia está enferma y que debería venir a verla.

—¿Pero cuántas veces te vamos a repetir que lo de tía Clelia no es grave?

—Si no es grave, mejor. Pero no te cuesta nada escribirle.

Le escribieron esa misma tarde y le leyeron la carta a mamá. En los días en que debía llegar la respuesta de Alejandro (tía Clelia seguía bien, pero el médico de Manolita insistía en que aprovechara el buen aire de la quinta), la situación diplomática con el Brasil se agravó todavía más y Carlos le dijo a mamá que no sería raro que las cartas de Alejandro se demoraran.

—Parecería a propósito —dijo mamá—. Ya vas a ver que tampoco podrá venir él.

Ninguno de ellos se decidía a leerle la carta de Alejandro. Reunidos en el comedor, miraban al lugar vacío de tía Clelia, se miraban entre ellos, vacilando.

—Es absurdo —dijo Carlos—. Ya estamos tan acostumbrados a esta comedia, que una escena más o menos.

—Entonces llevásela vos —dijo Pepa, mientras se le llenaban los ojos de lágrimas y se los secaba una vez más con la servilleta.

—Qué querés, hay algo que no anda. Ahora cada vez que entro en su cuarto estoy como esperando una sorpresa, una trampa, casi.

—La culpa la tiene María Laura —dijo Rosa—. Ella nos metió la idea en la cabeza y ya no podemos actuar con naturalidad. Y para colmo tía Clelia…

—Mirá, ahora que lo decís se me ocurre que convendría hablar con María Laura —dijo

78

tío Roque—. Lo más lógico sería que viniera después de sus exámenes y le diera a tu madre la noticia de que Alejandro no va a poder viajar.

—¿Pero a vos no te hiela la sangre que mamá no pregunte más por María Laura, aunque Alejandro la nombra en todas sus cartas?

—No se trata de la temperatura de mi sangre —dijo tío Roque—. Las cosas se hacen o no se hacen, y se acabó.

A Rosa le llevó dos horas convencer a María Laura, pero era su mejor amiga y María Laura los quería mucho, hasta a mamá aunque le diera miedo. Hubo que preparar una nueva carta, que María Laura trajo junto con un ramo de flores y las pastillas de mandarina que le gustaban a mamá. Sí, por suerte ya habían terminado los exámenes peores, y podría irse unas semanas a descansar a San Vicente.

—El aire del campo te hará bien —dijo mamá—. En cambio a Clelia… ¿Hoy llamaste a la quinta, Pepa? Ah, sí, recuerdo que me dijiste… Bueno, ya hace tres semanas que se fue Clelia, y mirá vos…

María Laura y Rosa hicieron los comentarios del caso, vino la bandeja del té, y María Laura le leyó a mamá unos párrafos de la carta de Alejandro con la noticia de la internación provisional de todos los técnicos extranjeros, y la gracia que le hacía estar alojado en un espléndido hotel por cuenta del gobierno, a la espera de que los cancilleres arreglaran el conflicto. Mamá no hizo ninguna reflexión, bebió su taza de tilo y se fue adormeciendo. Las muchachas siguieron charlando en la sala, más aliviadas. María Laura estaba por irse cuando se le ocurrió lo del teléfono y se lo dijo a Rosa. A Rosa le parecía que también Carlos había pensado en eso, y más tarde le habló a tío Roque, que se encogió de hombros. Frente a cosas así no quedaba más remedio que hacer un gesto y seguir leyendo el diario. Pero Rosa y Pepa se lo dijeron también a Carlos, que renunció a encontrarle explicación a menos de aceptar lo que nadie quería aceptar.

—Ya veremos —dijo Carlos—. Todavía puede ser que se le ocurra y nos lo pida. En ese caso…

Pero mamá no pidió nunca que le llevaran el teléfono para hablar personalmente con tía Clelia. Cada mañana preguntaba si había noticias de la quinta, y después se volvía a su silencio donde el tiempo parecía contarse por dosis de remedios y tazas de tisana. No le desagradaba que tío Roque viniera con *La Razón* para leerle las últimas noticias del conflicto con el Brasil, aunque tampoco parecía preocuparse si el diariero llegaba tarde o tío Roque se entretenía más que de costumbre con un problema de ajedrez. Rosa y Pepa llegaron a convencerse de que a mamá la tenía sin cuidado que le leyeran las noticias, o telefonearan a la quinta, o trajeran una carta de Alejandro. Pero no se podía estar seguro porque a veces mamá levantaba la cabeza y las miraba con la mirada profunda de siempre, en la que no había ningún cambio, ninguna aceptación. La rutina los abarcaba a todos, y para Rosa telefonear a un agujero negro en el extremo del hilo era simple y cotidiano como para tío Roque seguir leyendo falsos telegramas sobre un fondo de anuncios de remates o noticias de fútbol, o para Carlos entrar con las anécdotas de su visita a la quinta de Olavarría y los paquetes de frutas que les mandaban Manolita y tía Clelia. Ni siquiera durante los últimos meses de mamá cambiaron las costumbres, aunque poca importancia tuviera ya. El doctor Bonifaz les dijo que por suerte mamá no sufriría nada y que se apagaría sin sentirlo. Pero mamá se mantuvo lúcida hasta el fin, cuando ya los hijos la rodeaban sin poder fingir lo que sentían.

—Qué buenos fueron todos conmigo —dijo mamá con ternura—. Todo ese trabajo que se tomaron para que no sufriera.

Tío Roque estaba sentado junto a ella y le acarició jovialmente la mano, tratándola de tonta. Pepa y Rosa, fingiendo buscar algo en la cómoda, sabían ya que María Laura había tenido razón; sabían lo que de alguna manera habían sabido siempre.

—Tanto cuidarme… —dijo mamá, y Pepa apretó la mano de Rosa, porque al fin y al cabo esas dos palabras volvían a poner todo en orden, restablecían la larga comedia necesaria. Pero Carlos, a los pies de la cama, miraba a mamá como si supiera que iba a decir algo más.

—Ahora podrán descansar —dijo mamá—. Ya no les daremos más trabajo.

Tío Roque iba a protestar, a decir algo, pero Carlos se le acercó y le apretó violentamente el hombro. Mamá se perdía poco a poco en una modorra, y era mejor no molestarla.

Tres días después del entierro llegó la última carta de Alejandro, donde como siempre preguntaba por la salud de mamá y de tía Clelia. Rosa, que la había recibido, la abrió y empezó a leerla sin pensar, y cuando levantó la vista porque de golpe las lágrimas la cegaban, se dio cuenta de que mientras la leía había estado pensando en cómo habría que darle a Alejandro la noticia de la muerte de mamá.

Reunión

*Recordé un viejo cuento de Jack London, donde
el protagonista, apoyado en un tronco de árbol,
se dispone a acabar con dignidad su vida.*

ERNESTO «CHE» GUEVARA,
en *La sierra y el llano*, La Habana, 1961.

Nada podía andar peor, pero al menos ya
no estábamos en la maldita lancha, entre vómitos y golpes de mar y pedazos de galleta mojada, entre ametralladoras y babas, hechos un
asco, consolándonos cuando podíamos con el
poco tabaco que se conservaba seco porque
Luis (que no se llamaba Luis, pero habíamos
jurado no acordarnos de nuestros nombres
hasta que llegara el día) había tenido la buena
idea de meterlo en una caja de lata que abría-
mos con más cuidado que si estuviera llena de
escorpiones. Pero qué tabaco ni tragos de ron
en esa condenada lancha, bamboleándose cinco días como una tortuga borracha, haciéndole
frente a un norte que la cacheteaba sin lástima,
y ola va y ola viene, los baldes despellaján-
donos las manos, yo con un asma del demonio y medio mundo enfermo, doblándose para

vomitar como si fueran a partirse por la mitad. Hasta Luis, la segunda noche, una bilis verde que le sacó las ganas de reírse, entre eso y el norte que no nos dejaba ver el faro de Cabo Cruz, un desastre que nadie se había imaginado; y llamarle a eso una expedición de desembarco era como para seguir vomitando pero de pura tristeza. En fin, cualquier cosa con tal de dejar atrás la lancha, cualquier cosa aunque fuera lo que nos esperaba en tierra —pero sabíamos que nos estaba esperando y por eso no importaba tanto—, el tiempo que se compone justamente en el peor momento y zas la avioneta de reconocimiento, nada que hacerle, a vadear la ciénaga o lo que fuera con el agua hasta las costillas buscando el abrigo de los sucios pastizales, de los mangles, y yo como un idiota con mi pulverizador de adrenalina para poder seguir adelante, con Roberto que me llevaba el Springfield para ayudarme a vadear mejor la ciénaga (si era una ciénaga, porque a muchos ya se nos había ocurrido que a lo mejor habíamos errado el rumbo y que en vez de tierra firme habíamos hecho la estupidez de largarnos en algún cayo fangoso dentro del mar, a veinte millas de la isla...); y todo así, mal pensado y peor dicho, en una continua confusión de actos y nociones, una mezcla de alegría inexplicable y de rabia contra la maldita vida que nos estaban dando los aviones y lo que nos esperaba del lado de la carretera si llegábamos alguna vez, si estábamos en una ciénaga de la costa y no dando vueltas como alelados en un circo de barro y de total fracaso para diversión del babuino en su Palacio.

Ya nadie se acuerda cuánto duró, el tiempo lo medíamos por los claros entre los pastizales, los tramos donde podían ametrallarnos en picada, el alarido que escuché a mi izquierda, lejos, y creo fue de Roque (a él le puedo dar su nombre, a su pobre esqueleto entre las lianas y los sapos), porque de los planes ya no quedaba más que la meta final, llegar a la Sierra y reunirnos con Luis si también él conseguía llegar; el resto se había hecho trizas con el norte, el desembarco improvisado, los pantanos. Pero seamos justos: algo se cumplía sincronizadamente, el ataque de los aviones enemigos. Había sido previsto y provocado: no falló. Y por eso, aunque todavía me doliera en la cara el aullido de Roque, mi maligna manera de entender el mundo me ayudaba a reírme por lo bajo (y me ahogaba todavía más, y Roberto me llevaba el Springfield para que yo pudiese inhalar adrenalina con la nariz casi al borde del agua, tragando más barro que otra cosa), porque si los aviones estaban ahí entonces no podía ser que hubiéramos equivocado la playa, a lo sumo nos habíamos desviado algunas millas, pero la carretera estaría detrás de los pastizales, y después el llano abierto y en el norte las primeras colinas. Tenía su gracia que el enemigo nos estuviera certificando desde el aire la bondad del desembarco.

Duró vaya a saber cuánto, y después fue de noche y éramos seis debajo de unos flacos árboles, por primera vez en terreno casi seco, mascando tabaco húmedo y unas pobres galletas. De Luis, de Pablo, de Lucas, ninguna noticia; desperdigados, probablemente muertos, en todo caso tan perdidos y mojados como nosotros. Pero me gustaba sentir cómo con el fin de esa jornada de batracio se me empezaban a ordenar las ideas, y cómo la muerte, más probable que nunca, no sería ya un balazo al azar en plena ciénaga, sino una operación dialéctica en seco, perfectamente orquestada por las partes en juego. El ejército debía controlar la carretera, cercando los pantanos a la espera de que apareciéramos de a dos o de a tres, liquidados por el barro y las alimañas y el hambre.

Ahora todo se veía clarísimo, tenía otra vez los puntos cardinales en el bolsillo, me hacía reír sentirme tan vivo y tan despierto al borde del epílogo. Nada podía resultarme más gracioso que hacer rabiar a Roberto recitándole al oído unos versos del viejo Pancho que le parecían abominables. «Si por lo menos nos pudiéramos sacar el barro», se quejaba el Teniente. «O fumar de verdad» (alguien, más a la izquierda, ya no sé quién, alguien que se perdió al alba). Organización de la agonía: centinelas, dormir por turnos, mascar tabaco, chupar galletas infladas como esponjas. Nadie mencionaba a Luis, el temor de que lo hubieran matado era el único enemigo real, porque su confirmación nos anularía mucho más que el acoso, la falta de armas o las llagas en los pies. Sé que dormí un rato mientras Roberto velaba, pero antes estuve pensando que todo lo que habíamos hecho en esos días era demasiado insensato para admitir así de golpe la posibilidad de que hubieran matado a Luis. De alguna manera la insensatez tendría que continuar hasta el final, que quizá fuera la victoria, y en ese juego absurdo donde se había llegado hasta el escándalo de prevenir al enemigo que desembarcaríamos, no entraba la posibilidad de perder a

Luis. Creo que también pensé que si triunfábamos, que si conseguíamos reunirnos otra vez con Luis, sólo entonces empezaría el juego en serio, el rescate de tanto romanticismo necesario y desenfrenado y peligroso. Antes de dormirme tuve como una visión: Luis junto a un árbol, rodeado por todos nosotros, se llevaba lentamente la mano a la cara y se la quitaba como si fuese una máscara. Con la cara en la mano se acercaba a su hermano Pablo, a mí, al Teniente, a Roque, pidiéndonos con un gesto que la aceptáramos, que nos la pusiéramos. Pero todos se iban negando uno a uno, y yo también me negué, sonriendo hasta las lágrimas, y entonces Luis volvió a ponerse la cara y le vi un cansancio infinito mientras se encogía de hombros y sacaba un cigarro del bolsillo de la guayabera. Profesionalmente hablando, una alucinación de la duermevela y la fiebre, fácilmente interpretable. Pero si realmente habían matado a Luis durante el desembarco, ¿quién subiría ahora a la Sierra con su cara? Todos trataríamos de subir pero nadie con la cara de Luis, nadie que pudiera o quisiera asumir la cara de Luis. «Los diadocos», pensé ya entredormido, «Pero todo se fue al diablo con los diadocos, es sabido».

Aunque esto que cuento pasó hace rato, quedan pedazos y momentos tan recortados en la memoria que sólo se pueden decir en presente, como estar tirado otra vez boca arriba en el pastizal, junto al árbol que nos protege del cielo abierto. Es la tercera noche, pero al amanecer de ese día franqueamos la carretera a pesar de los jeeps y la metralla. Ahora hay que esperar otro amanecer porque nos han matado al baqueano y seguimos perdidos, habrá que dar con algún paisano que nos lleve adonde se pueda comprar algo de comer, y cuando digo comprar casi me da risa y me ahogo de nuevo, pero en eso como en lo demás a nadie se le ocurriría desobedecer a Luis, y la comida hay que pagarla y explicarle antes a la gente quiénes somos y por qué andamos en lo que andamos. La cara de Roberto en la choza abandonada de la loma, dejando cinco pesos debajo de un plato a cambio de la poca cosa que encontramos y que sabía a cielo, a comida en el Ritz si es que ahí se come bien. Tengo tanta fiebre que se me va pasando el asma, no hay mal que por bien no venga, pero pienso de nuevo en la cara de Roberto dejando los cinco pesos en la choza vacía, y me da un tal ataque de risa que vuelvo a ahogarme y me maldigo. Habría que dormir, Tinti monta la guardia, los muchachos descansan unos contra otros, yo me he ido un poco más lejos porque tengo la impresión de que los fastidio con la tos y los silbidos del pecho, y además hago una cosa que no debería hacer, y es que dos o tres veces en la noche fabrico una pantalla de hojas y meto la cara por debajo y enciendo despacito el cigarro para reconciliarme un poco con la vida.

En el fondo lo único bueno del día ha sido no tener noticias de Luis, el resto es un desastre, de los ochenta nos han matado por lo menos a cincuenta o sesenta; Javier cayó entre los primeros, el Peruano perdió un ojo y agonizó tres horas sin que yo pudiera hacer nada, ni siquiera rematarlo cuando los otros no miraban. Todo el día temimos que algún enlace (hubo tres con un riesgo increíble, en las mismas narices del ejército) nos trajera la noticia de la muerte de Luis. Al final es mejor no saber nada, imaginarlo vivo, poder esperar todavía. Fríamente peso las posibilidades y concluyo que lo han matado, todos sabemos cómo es, de qué manera el gran condenado es capaz de salir al descubierto con una pistola en la mano, y el que venga atrás que arree. No, pero López lo habrá cuidado, no hay como él para engañarlo a veces, casi como a un chico, convencerlo de que tiene que hacer lo contrario de lo que le da la gana en ese momento. Pero y si López… Inútil quemarse la sangre, no hay elementos para la menor hipótesis, y además es rara esta calma, este bienestar boca arriba como si todo estuviera bien así, como si todo se estuviera cumpliendo (casi pensé: «consumando», hubiera sido idiota) de conformidad con los planes. Será la fiebre o el cansancio, será que nos van a liquidar a todos como a sapos antes de que salga el sol. Pero ahora vale la pena aprovechar de este respiro absurdo, dejarse ir mirando el dibujo que hacen las ramas del árbol contra el cielo más claro, con algunas estrellas, siguiendo con ojos entornados ese dibujo casual de las ramas y las hojas, esos ritmos que se encuentran, se cabalgan y se separan, y a veces cambian suavemente cuando una bocanada de aire hirviendo pasa por encima de las copas, viniendo de las ciénagas. Pienso en mi hijo pero está lejos, a miles de kilómetros, en un país donde todavía se duerme en la cama, y su imagen me parece irreal, se me adelgaza y pierde entre las hojas del árbol, y en cambio me hace tanto bien recordar un tema de Mozart que me ha acompañado desde siempre, el movimiento inicial del cuarteto *La caza*, la evocación del alalí en la mansa voz de los violines, esa trasposición de una ceremonia salvaje a un claro goce pensativo. Lo pienso, lo repito, lo canturreo en la memoria, y siento al mismo tiempo cómo la melodía y el dibujo de la copa del árbol contra el cielo se van acercando, traban amistad, se tantean una y otra vez hasta que el dibujo se ordena de pronto en la presencia visible de la melodía, un ritmo que sale de una rama baja, casi a la altura de mi cabeza, remonta hasta cierta altura y se abre como un abanico de tallos, mientras el segundo violín es esa rama más delgada que se yuxtapone para confundir sus hojas en un punto situado a la derecha, hacia el final de la frase, y dejarla terminar para que el ojo descienda por el tronco y pueda, si quiere, repetir la melodía. Y todo eso es también nuestra rebelión, es lo que estamos haciendo aunque Mozart y el árbol no puedan saberlo, también nosotros a nuestra manera hemos querido trasponer una torpe guerra a un orden que le dé sentido, la justifique y en último término la lleve a una victoria que sea como la restitución de una melodía después de tantos años de roncos cuernos de caza, que sea ese allegro final que sucede al adagio como un encuentro con la luz. Lo que se divertiría Luis si supiera que en este momento lo estoy comparando con Mozart, viéndolo ordenar poco a poco esta insensatez, alzarla hasta su razón primordial que aniquila con su evidencia y su desmesura todas las prudentes razones temporales. Pero qué amarga, qué desesperada tarea la de ser un músico de hombres, por encima del barro y la metralla y el desaliento urdir ese canto que creíamos imposible, el canto que trabará amistad con la copa de los árboles, con la tierra de vuelta a sus hijos. Sí, es la fiebre. Y cómo se reiría Luis aunque también a él le guste Mozart, me consta.

Y así al final me quedaré dormido, pero antes alcanzaré a preguntarme si algún día sabremos pasar del movimiento donde todavía suena el alalí del cazador, a la conquistada plenitud del adagio y de ahí al allegro final que me canturreo con un hilo de voz, si seremos capaces de alcanzar la reconciliación con todo lo que haya quedado vivo frente a nosotros. Tendríamos que ser como Luis, no ya seguirlo, sino ser como él, dejar atrás inapelablemente el odio y la venganza, mirar al enemigo como lo mira Luis, con una implacable magnanimidad que tantas veces ha suscitado en mi memoria (pero esto, ¿cómo decírselo a nadie?) una imagen de pantocrátor, un juez que empieza por ser el acusado y el testigo y que no juzga, que simplemente separa las tierras de las aguas para que al fin, alguna vez, nazca una patria de hombres en un amanecer tembloroso, a orillas de un tiempo más limpio.

Pero otra que adagio, si con la primera luz se nos vinieron encima por todas partes, y hubo que renunciar a seguir hacia el noreste y meterse en una zona mal conocida, gastando las últimas municiones mientras el Teniente con un compañero se hacía fuerte en una loma y desde ahí les paraba un rato las patas, dándonos tiempo a Roberto y a mí para llevarnos a Tinti herido en un muslo y buscar otra altura más protegida donde resistir hasta la noche. De noche ellos no atacaban nunca, aunque tuvieran bengalas y equipos eléctricos, les entraba como un pavor de sentirse menos protegidos por el número y el derroche de armas; pero para la noche faltaba casi todo el día, y éramos apenas cinco contra esos muchachos tan valientes que nos hostigaban para quedar bien con el babuino, sin contar los aviones que a cada

rato picaban en los claros del monte y estropea-
ban cantidad de palmas con sus ráfagas.

A la media hora el Teniente cesó el fuego y
pudo reunirse con nosotros, que apenas ade-
lantábamos camino. Como nadie pensaba en
abandonar a Tinti, porque conocíamos de sobra el destino de los prisioneros, pensamos que
ahí, en esa ladera y en esos matorrales íbamos a
quemar los últimos cartuchos. Fue divertido
descubrir que los regulares atacaban en cambio
una loma bastante más al este, engañados por un
error de la aviación, y ahí nomás nos largamos
cerro arriba por un sendero infernal, hasta llegar en dos horas a una loma casi pelada donde
un compañero tuvo el ojo de descubrir una
cueva tapada por las hierbas, y nos plantamos
resollando después de calcular una posible re-
tirada directamente hacia el norte, de peñasco
en peñasco, peligrosa, pero hacia el norte, hacia la Sierra donde a lo mejor ya habría llegado
Luis.

Mientras yo curaba a Tinti desmayado, el
Teniente me dijo que poco antes del ataque de
los regulares al amanecer había oído un fuego
de armas automáticas y de pistolas hacia el po-
niente. Podía ser Pablo con sus muchachos, o a
lo mejor el mismo Luis. Teníamos la razonable

convicción de que los sobrevivientes estábamos divididos en tres grupos, y quizá el de Pablo no anduviera tan lejos. El Teniente me preguntó si no valdría la pena intentar un enlace al caer la noche.

—Si vos me preguntás eso es porque te estás ofreciendo para ir —le dije. Habíamos acostado a Tinti en una cama de hierbas secas, en la parte más fresca de la cueva, y fumábamos descansando. Los otros dos compañeros montaban guardia afuera.

—Te figuras —dijo el Teniente, mirándome divertido—. A mí estos paseos me encantan, chico.

Así seguimos un rato, cambiando bromas con Tinti que empezaba a delirar, y cuando el Teniente estaba por irse entró Roberto con un serrano y un cuarto de chivito asado. No lo podíamos creer, comimos como quien se come a un fantasma, hasta Tinti mordisqueó un pedazo que se le fue a las dos horas junto con la vida. El serrano nos traía la noticia de la muerte de Luis; no dejamos de comer por eso, pero era mucha sal para tan poca carne, él no lo había visto aunque su hijo mayor, que también se nos había pegado con una vieja escopeta de caza, formaba parte del grupo que había ayudado a Luis y a cinco compañeros a vadear un río bajo la metralla, y estaba seguro de que Luis había sido herido casi al salir del agua y antes de que pudiera ganar las primeras matas. Los serranos habían trepado al monte que conocían como nadie, y con ellos dos hombres del grupo de Luis, que llegarían por la noche con las armas sobrantes y un poco de parque.

El Teniente encendió otro cigarro y salió a organizar el campamento y a conocer mejor a los nuevos; yo me quedé al lado de Tinti que se derrumbaba lentamente, casi sin dolor. Es decir que Luis había muerto, que el chivito estaba para chuparse los dedos, que esa noche seríamos nueve o diez hombres y que tendríamos municiones para seguir peleando. Vaya novedades. Era como una especie de locura fría que por un lado reforzaba al presente con hombres y alimentos, pero todo eso para borrar de un manotazo el futuro, la razón de esa insensatez que acababa de culminar con una noticia y un gusto a chivito asado. En la oscuridad de la cueva, haciendo durar largo mi cigarro, sentí que en ese momento no podía permitirme el lujo de aceptar la muerte de Luis, que solamente podía manejarla como un dato más dentro del plan de campaña, porque si también

Pablo había muerto el jefe era yo por voluntad de Luis, y eso lo sabían el Teniente y todos los compañeros, y no se podía hacer otra cosa que tomar el mando y llegar a la Sierra y seguir adelante como si no hubiera pasado nada. Creo que cerré los ojos, y el recuerdo de mi visión fue otra vez la visión misma, y por un segundo me pareció que Luis se separaba de su cara y me la tendía, y yo defendí mi cara con las dos manos diciendo: «No, no, por favor no, Luis», y cuando abrí los ojos el Teniente estaba de vuelta mirando a Tinti que respiraba resollando, y le oí decir que acababan de agregársenos dos muchachos del monte, una buena noticia tras otra, parque y boniatos fritos, un botiquín, los regulares perdidos en las colinas del este, un manantial estupendo a cincuenta metros. Pero no me miraba en los ojos, mascaba el cigarro y parecía esperar que yo dijera algo, que fuera yo el primero en volver a mencionar a Luis.

Después hay como un hueco confuso, la sangre se fue de Tinti y él de nosotros, los serranos se ofrecieron para enterrarlo, yo me quedé en la cueva descansando aunque olía a vómito y a sudor frío, y curiosamente me dio por pensar en mi mejor amigo de otros tiempos, de antes de esa cesura en mi vida que me había arrancado a mi país para lanzarme a miles de kilómetros, a Luis, al desembarco en la isla, a esa cueva. Calculando la diferencia de hora imaginé que en ese momento, miércoles, estaría llegando a su consultorio, colgando el sombrero en la percha, echando una ojeada al correo. No era una alucinación, me bastaba pensar en esos años en que habíamos vivido tan cerca uno de otro en la ciudad, compartiendo la política, las mujeres y los libros, encontrándonos diariamente en el hospital; cada uno de sus gestos me era tan familiar, y esos gestos no eran solamente los suyos sino que abarcan todo mi mundo de entonces, a mí mismo, a mi mujer, a mi padre, abarcaban mi periódico con sus editoriales inflados, mi café a mediodía con los médicos de guardia, mis lecturas y mis películas y mis ideales. Me pregunté qué estaría pensando mi amigo de todo esto, de Luis o de mí, y fue como si viera dibujarse la respuesta en su cara (pero entonces era la fiebre, habría que tomar quinina), una cara pagada de sí misma, empastada por la buena vida y las buenas ediciones y la eficacia del bisturí acreditado. Ni siquiera hacía falta que abriera la boca para decirme yo pienso que tu revolución no es más que... No era en absoluto necesario, tenía que ser así, esas gentes no podían aceptar una mutación que ponía en descubierto las verdaderas razones de su misericordia fácil y a horario, de su caridad reglamentada y a escote, de su bonhomía entre iguales, de su antirracismo de salón pero cómo la nena se va a casar con ese mulato, che, de su catolicismo con dividendo anual y efemérides en las plazas embanderadas, de su literatura de tapioca, de su folklorismo en ejemplares numerados y mate con virola de plata, de sus reuniones de cancilleres genuflexos, de su estúpida agonía inevitable a corto o largo plazo (quinina, quinina, y de nuevo el asma). Pobre amigo, me daba lástima imaginarlo defendiendo como un idiota precisamente los falsos valores que iban a acabar con él o en el mejor de los casos con sus hijos; defendiendo el derecho feudal a la propiedad y a la riqueza ilimitadas, él que no tenía más que su consultorio y una casa bien puesta, defendiendo los principios de la Iglesia cuando el catolicismo burgués de su mujer no había servido más que para obligarlo a buscar consuelo en las amantes, defendiendo una supuesta libertad individual cuando la policía cerraba las universidades y censuraba las publicaciones, y defendiendo por miedo, por el horror al cambio, por el escepticismo y la desconfianza que eran los únicos dioses vivos en su pobre país perdido. Y en eso estaba cuando entró el Teniente a la carrera y me gritó que Luis vivía, que acababan de cerrar un enlace con el norte, que Luis estaba más vivo que la madre de la chingada, que había llegado a lo alto de la Sierra con cincuenta guajiros y todas las armas que les habían sacado a un batallón de regulares copado en una hondonada, y nos abrazamos como idiotas y dijimos esas cosas que después, por largo rato, dan rabia y vergüenza y perfume, porque eso y comer chivito asado y echar para adelante era lo único que tenía sentido, lo único que contaba y crecía mientras no nos animábamos a mirarnos en los ojos y encendíamos cigarros con el mismo tizón, con los ojos clavados atentamente en el tizón y secándonos las lágrimas que el humo nos arrancaba de acuerdo con sus conocidas propiedades lacrimógenas.

Ya no hay mucho que contar, al amanecer uno de nuestros serranos llevó al Teniente y a Roberto hasta donde estaban Pablo y tres compañeros, y el Teniente subió a Pablo en brazos porque tenía los pies destrozados por las ciénagas. Ya éramos veinte, me acuerdo de Pablo abrazándome con su manera rápida y expeditiva, y diciéndome sin sacarse el cigarrillo de la boca: «Si Luis está vivo, todavía podemos vencer», y yo vendándole los pies que era una belleza, y los muchachos tomándole el pelo porque parecía que estrenaba zapatos blancos y diciéndole que su hermano lo iba a regañar por ese lujo intempestivo. «Que me regañe», bromeaba Pablo fumando como un loco, «para regañar a alguien hay que estar vivo, compañero, y ya oíste que está vivo, vivito, está más vivo que un caimán, y vamos arriba ya mismo, mira que me has puesto vendas, vaya lujo…» Pero no podía durar, con el sol vino el plomo de arriba y abajo, ahí me tocó un balazo en la oreja que si acierta dos centímetros más cerca, vos, hijo, que a lo mejor leés todo esto, te quedás sin saber en las que anduvo tu viejo. Con la sangre y el dolor y el susto las cosas se me pusieron estereoscópicas, cada imagen seca y en relieve, con unos colores que debían ser mis ganas de vivir y además no me pasaba nada, un pañuelo bien atado y a seguir subiendo; pero atrás se quedaron dos serranos, y el segundo de Pablo con la cara hecha un embudo por una bala cuarenta y cinco. En esos momentos hay tonterías que se fijan para siempre; me acuerdo de un gordo, creo que también del grupo de Pablo, que en lo peor de la pelea quería refugiarse detrás de una caña, se ponía de perfil, se arrodillaba detrás de la caña, y sobre todo me acuerdo de ése que se puso a gritar que había que rendirse, y de la voz que le contestó entre dos ráfagas de Thompson, la voz del Teniente, un bramido por encima de los tiros, un: «¡Aquí no se rinde nadie, carajo!», hasta que el más chico de los serranos, tan callado y tímido hasta entonces, me avisó que había una senda a cien metros de ahí, torciendo hacia arriba y a la izquierda, y yo se lo grité al Teniente y me puse a hacer punta con los serranos siguiéndome y tirando como demonios, en pleno bautismo de fuego y saboreándolo que era un gusto verlos, y al final nos fuimos juntando al pie de la seiba donde nacía el sendero y el serranito trepó y nosotros atrás, yo con un asma que no me dejaba andar y el pescuezo con más sangre que un chancho degollado, pero seguro de que también ese día íbamos a escapar y no sé por qué, pero era evidente como un teorema que esa misma noche nos reuniríamos con Luis.

Uno nunca se explica cómo deja atrás a sus perseguidores, poco a poco ralea el fuego, hay las consabidas maldiciones y «cobardes, se rajan en vez de pelear», entonces de golpe es el silencio, los árboles que vuelven a aparecer como cosas vivas y amigas, los accidentes del terreno, los heridos que hay que cuidar, la cantimplora de agua con un poco de ron que corre de boca en boca, los suspiros, alguna queja, el descanso y el cigarro, seguir adelante, trepar siempre aunque se me salgan los pulmones por las orejas, y Pablo diciéndome oye, me los hiciste del cuarenta y dos y yo calzo del cuarenta y tres, compadre, y la risa, lo alto de la loma, el ranchito donde un paisano tenía un poco de yuca con mojo y agua muy fresca, y Roberto, tesonero y concienzudo, sacando sus cuatro pesos para pagar el gasto y todo el mundo, empezando por el paisano, riéndose hasta herniarse, y el mediodía invitando a esa siesta que había que rechazar como si dejáramos irse a una muchacha preciosa mirándole las piernas hasta lo último.

Al caer la noche el sendero se empinó y se puso más que difícil, pero nos relamíamos pensando en la posición que había elegido Luis para esperarnos, por ahí no iba a subir ni un gamo. «Vamos a estar como en la iglesia», decía Pablo a mi lado, «hasta tenemos el armonio», y me miraba zumbón mientras yo jadeaba una especie de pasacaglia que solamente a él le hacía gracia. No me acuerdo muy bien de esas horas, anochecía cuando llegamos al último centinela y pasamos uno tras otro, dándonos a conocer y respondiendo por los serranos, hasta salir por fin al claro entre los árboles donde estaba Luis apoyado en un tronco, naturalmente con su gorra de interminable visera y el cigarro en la boca. Me costó el alma quedarme atrás, dejarlo a Pablo que corriera y se abrazara con su hermano, y entonces esperé que el Teniente y los otros fueran también y lo abrazaran, y después puse en el suelo el botiquín y el Springfield y con las manos en los bolsillos me acerqué y me quedé mirándolo, sabiendo lo que iba a decirme, la broma de siempre:

—Mira que usar esos anteojos —dijo Luis.

—Y vos esos espejuelos —le contesté, y nos doblamos de risa, y su quijada contra mi cara me hizo doler el balazo como el demonio, pero era un dolor que yo hubiera querido prolongar más allá de la vida.

—Así que llegaste, che —dijo Luis.

Naturalmente, decía «che» muy mal.

—¿Qué tú crees? —le contesté, igualmente mal. Y volvimos a doblarnos como idiotas, y medio mundo se reía sin saber por qué. Trajeron agua y las noticias, hicimos la rueda mirando a Luis, y sólo entonces nos dimos cuenta de cómo había enflaquecido y cómo le brillaban los ojos detrás de los jodidos espejuelos.

Más abajo volvían a pelear, pero el campamento estaba momentáneamente a cubierto. Se pudo curar a los heridos, bañarse en el manantial, dormir, sobre todo dormir, hasta Pablo que tanto quería hablar con su hermano. Pero como el asma es mi amante y me ha enseñado a aprovechar la noche, me quedé con Luis apoyado en el tronco de un árbol, fumando y mirando los dibujos de las hojas contra el cielo, y nos contamos de a ratos lo que nos había pasado desde el desembarco, pero sobre todo hablamos del futuro, de lo que iba a empezar cuando llegara el día en que tuviéramos que pasar del fusil al despacho con teléfonos, de la sierra a la ciudad, y yo me acordé de los cuernos de caza y estuve a punto de decirle a Luis lo que había pensado aquella noche, nada más que para hacerlo reír. Al final no le dije nada, pero sentía que estábamos entrando en el adagio del cuarteto, en una precaria plenitud de pocas horas que sin embargo era una certidumbre, un signo que no olvidaríamos.

Cuántos cuernos de caza esperaban todavía, cuántos de nosotros dejaríamos los huesos como Roque, como Tinti, como el Peruano. Pero bastaba mirar la copa del árbol para sentir que la voluntad ordenaba otra vez su caos, le imponía el dibujo del adagio que alguna vez ingresaría en el allegro final, accedería a una realidad digna de ese nombre. Y mientras Luis me iba poniendo al tanto de las noticias internacionales y de lo que pasaba en la capital y en las provincias, yo veía cómo las hojas y las ramas se plegaban poco a poco a mi deseo, eran mi melodía, la melodía de Luis que seguía hablando ajeno a mi fantaseo, y después vi inscribirse una estrella en el centro del dibujo, y era una estrella pequeña y muy azul, y aunque no sé nada de astronomía y no hubiera podido decir si era una estrella o un planeta, en cambio me sentí seguro de que no era Marte ni Mercurio, brillaba demasiado en el centro del adagio, demasiado en el centro de las palabras de Luis como para que alguien pudiera confundirla con Marte o con Mercurio.

La señorita Cora

We'll send your love to college, all for
[a year or two
And then perhaps in time the boy will
[do for you.
The trees that grow so high.
(Canción folklórica inglesa)

No entiendo por qué no me dejan pasar la noche en la clínica con el nene, al fin y al cabo soy su madre y el doctor De Luisi nos recomendó personalmente al director. Podrían traer un sofá cama y yo lo acompañaría para que se vaya acostumbrando, entró tan pálido el pobrecito como si fueran a operarlo enseguida, yo creo que es ese olor de las clínicas, su padre también estaba nervioso y no veía la hora de irse, pero yo estaba segura de que me dejarían con el nene. Después de todo tiene apenas quince años y nadie se los daría, siempre pegado a mí aunque ahora con los pantalones largos quiere disimular y hacerse el hombre grande. La impresión que le habrá hecho cuando se dio cuenta de que no me dejaban quedarme, menos mal que su padre le dio charla, le hizo poner el piyama y meterse en la cama. Y todo por esa mocosa de enfermera, yo me pregunto si verdaderamente tiene órdenes de los médicos o si lo hace por pura maldad. Pero bien que se lo dije, bien que le pregunté si estaba segura de que tenía que irme. No hay más que mirarla para darse cuenta de quién es, con esos aires de vampiresa y ese delantal ajustado, una chiquilina de porquería, que se cree la directora de la clínica. Pero eso sí, no se la llevó de arriba, le dije lo que pensaba y eso que el nene no sabía dónde meterse de vergüenza y su padre se hacía el desentendido y de paso seguro que le miraba las piernas como de costumbre. Lo único que me consuela es que el ambiente es bueno, se nota que es una clínica para personas pudientes; el nene tiene un velador de lo más lindo para leer sus revistas, y por suerte su padre se acordó de traerle caramelos de menta que son los que más le gustan. Pero mañana por la mañana, eso sí, lo primero que hago es hablar con el doctor De Luisi para que la ponga en su lugar a esa mocosa presumida. Habrá que ver si la frazada lo abriga bien al nene, voy a pedir que por las dudas le dejen otra a mano. Pero sí, claro que me abriga, menos mal que se fueron de una vez, mamá cree que soy un chico y me hace hacer cada papelón. Seguro que la enfermera va a pensar que no soy capaz de pedir lo que necesito, me miró de una manera cuando mamá le estaba protestando... Está bien, si no la dejaban quedarse qué le vamos a hacer, ya soy bastante grande para dormir solo de noche, me parece. Y en esta cama se dormirá bien, a esta hora ya no se oye ningún ruido, a veces de lejos el zumbido del ascensor que me hace acordar a esa película de miedo que también pasaba en una clínica, cuando a medianoche se abría poco a poco la puerta y la mujer paralítica en la cama veía entrar al hombre de la máscara blanca...

La enfermera es bastante simpática, volvió a las seis y media con unos papeles y me empezó a preguntar mi nombre completo, la edad y esas cosas. Yo guardé la revista enseguida porque hubiera quedado mejor estar leyendo un libro de veras y no una fotonovela, y creo que ella se dio cuenta pero no dijo nada, seguro que todavía estaba enojada por lo que le había dicho mamá y pensaba que yo era igual que ella y que le iba a dar órdenes o algo así. Me preguntó si me dolía el apéndice, y le dije que no, que esa noche estaba muy bien. «A ver el pulso», me dijo, y después de tomármelo anotó algo más en la planilla y la colgó a los pies de la cama. «¿Tenés hambre?», me preguntó, y yo creo que me puse colorado porque me tomó de sorpresa que me tuteara, es tan joven que me hizo impresión. Le dije que no, aunque era mentira porque a esa hora siempre tengo hambre. «Esta noche vas a cenar muy liviano», dijo ella, y cuando quise darme cuenta ya me había quitado el paquete de caramelos de menta y se iba. No sé si empecé a decirle algo, creo que no. Me daba una rabia que me hiciera eso como a un chico, bien podía haberme dicho que no tenía que comer caramelos, pero llevárselos... Seguro que estaba furiosa por lo de mamá y se desquitaba conmigo, de puro resentida; qué sé yo, después que se fue se me pasó de golpe el fastidio, quería seguir enojado con ella pero no podía. Qué joven es, clavado que no tiene ni diecinueve años, debe haberse recibido de enfermera hace muy poco. A lo mejor viene para traerme la cena; le voy a preguntar cómo se llama, si va a ser mi enfermera tengo que darle un nombre. Pero en cambio vino otra, una señora muy amable vestida de azul que me trajo un caldo y bizcochos y me hizo tomar unas pastillas verdes. También ella me preguntó cómo me llamaba y si me sentía bien, y me dijo que en esta pieza dormiría tranquilo porque era una de las mejores de la clínica, y es verdad porque dormí hasta casi las ocho en que me despertó una enfermera chiquita y arrugada como un mono pero muy amable, que me dijo que podía levantarme y lavarme pero antes me dio un termómetro y me dijo que me lo pusiera como se hace en estas clínicas, y yo no entendí porque en casa se pone debajo del brazo, y entonces me explicó y se fue. Al rato vino mamá y qué alegría verlo tan bien, yo que me temía que hubiera pasado la noche en blanco el pobre querido, pero los chicos son así, en la casa tanto trabajo y después duermen a pierna suelta aunque estén lejos de su mamá que no ha cerrado los ojos la pobre. El doctor De Luisi entró para revisar al nene y yo me fui un momento afuera porque ya está grandecito, y me hubiera gustado encontrármela a la enfermera de ayer para verle bien la cara y ponerla en su sitio nada más que mirándola de arriba abajo, pero no había nadie en el pasillo. Casi enseguida salió el doctor De Luisi y me dijo que al nene iban a operarlo a la mañana siguiente, que estaba muy bien y en las mejores condiciones para la operación, a su edad una apendicitis es una tontería. Le agradecí mucho y aproveché para decirle que me había llamado la atención la impertinencia de la enfermera de la tarde, se lo decía porque no era cosa de que a mi hijo fuera a faltarle la atención necesaria. Después entré en la pieza para acompañar al nene que estaba leyendo sus revistas y ya sabía que lo iban a operar al otro día. Como si fuera el fin del mundo, me mira de un modo la pobre, pero si no me voy a morir, mamá, haceme un poco el favor. Al Cacho le sacaron el apéndice en el hospital y a los seis días ya estaba queriendo jugar al fútbol. Andate tranquila que estoy muy bien y no me falta nada. Sí, mamá, sí, diez minutos queriendo saber si me duele aquí o más allá, menos mal que se tiene que ocupar de mi hermana en casa, al final se fue y yo pude terminar la fotonovela que había empezado anoche.

La enfermera de la tarde se llama la señorita Cora, se lo pregunté a la enfermera chiquita cuando me trajo el almuerzo; me dieron muy poco de comer y de nuevo pastillas verdes y unas gotas con gusto a menta; me parece que esas gotas hacen dormir porque se me caían las revistas de la mano y de golpe estaba soñando con el colegio y que íbamos a un picnic con las chicas del normal como el año pasado y bailábamos a la orilla de la pileta, era muy divertido.

Me desperté a eso de las cuatro y media y empecé a pensar en la operación, no que tenga miedo, el doctor De Luisi dijo que no es nada, pero debe ser raro la anestesia y que te corten cuando estás dormido, el Cacho decía que lo peor es despertarse, que duele mucho y por ahí vomitás y tenés fiebre. El nene de mamá ya no está tan garifo como ayer, se le nota en la cara que tiene un poco de miedo, es tan chico que casi me da lástima. Se sentó de golpe en la cama cuando me vio entrar y escondió la revista debajo de la almohada. La pieza estaba un poco fría y fui a subir la calefacción, después traje el termómetro y se lo di. «¿Te lo sabés poner?», le pregunté, y las mejillas parecía que iban a reventársele de rojo que se puso. Dijo que sí con la cabeza y se estiró en la cama mientras yo bajaba las persianas y encendía el velador. Cuando me acerqué para que me diera el termómetro seguía tan ruborizado que estuve a punto de reírme, pero con los chicos de esa edad siempre pasa lo mismo, les cuesta acostumbrarse a esas cosas. Y para peor me mira en los ojos, por qué no le puedo aguantar esa mirada si al final no es más que una mujer, cuando saqué el termómetro de debajo de las frazadas y se lo alcancé, ella me miraba y yo creo que se sonreía un poco, se me debe notar tanto que me pongo colorado, es algo que no puedo evitar, es más fuerte que yo. Después anotó la temperatura en la hoja que está a los pies de la cama y se fue sin decir nada. Ya casi no me acuerdo de lo que hablé con papá y mamá cuando vinieron a verme a las seis. Se quedaron poco porque la señorita Cora les dijo que había que prepararme y que era mejor que estuviese tranquilo la noche antes. Pensé que mamá iba a soltarle alguna de las suyas pero la miró nomás de arriba abajo, y papá también pero al viejo le conozco las miradas, es algo muy diferente. Justo cuando se estaba yendo la oí a mamá que le decía a la señorita Cora: «Le agradeceré que lo atienda bien, es un niño que ha estado siempre muy rodeado por su familia», o alguna idiotez por el estilo, y me hubiera querido morir de rabia, ni siquiera escuché lo que le contestó la señorita Cora, pero estoy seguro de que no le gustó, a lo mejor piensa que me estuve quejando de ella o algo así.

Volvió a eso de las seis y media con una mesita de esas de ruedas llena de frascos y algodones, y no sé por qué de golpe me dio un poco de miedo, en realidad no era miedo pero empecé a mirar lo que había en la mesita, toda clase de frascos azules o rojos, tambores de gasa y también pinzas y tubos de goma, el pobre debía estar empezando a asustarse sin la mamá que parece un papagayo endomingado, le agradeceré que atienda bien al nene, mire que he hablado con el doctor De Luisi, pero sí, señora, se lo vamos a atender como a un príncipe. Es bonito su nene, señora, con esas mejillas que se le arrebolan apenas me ve entrar. Cuando le retiré las frazadas hizo un gesto como para volver a taparse, y creo que se dio cuenta de que me hacía gracia verlo tan pudoroso. «A ver, bajate el pantalón del piyama», le dije sin mirarlo en la cara. «¿El pantalón?», preguntó con una voz que se le quebró en un gallo. «Sí, claro, el pantalón», repetí, y empezó a soltar el cordón y a desabotonarse con unos dedos que no le obedecían. Le tuve que bajar yo misma el pantalón hasta la mitad de los muslos, y era como me lo había imaginado. «Ya sos un chico crecidito», le dije, preparando la brocha y el jabón aunque la verdad es que poco tenía para afeitar. «¿Cómo te llaman en tu casa?», le pregunté mientras lo enjabonaba. «Me llaman Pablo», me contestó con una voz que me dio lástima, tanta era la vergüenza. «Pero te darán algún sobrenombre», insistí, y fue todavía peor porque me pareció que se iba a poner a llorar mientras yo le afeitaba los pocos pelitos que andaban por ahí. «¿Así que no tenés ningún sobrenombre? Sos el nene solamente, claro». Terminé de afeitarlo y le hice una seña para que se tapara, pero él se adelantó y en un segundo estuvo cubierto hasta el pescuezo. «Pablo es un bonito nombre», le dije para consolarlo un poco; casi me daba pena verlo tan avergonzado, era la primera vez que me tocaba atender a un muchachito tan joven y tan tímido, pero me seguía fastidiando algo en él que a lo mejor le venía de la madre, algo más fuerte que su edad y que no me gustaba, y hasta me molestaba que fuera tan bonito y tan bien hecho para sus años, un mocoso que ya debía creerse un hombre y que a la primera de cambio sería capaz de soltarme un piropo.

Me quedé con los ojos cerrados, era la única manera de escapar un poco de todo eso, pero no servía de nada porque justamente en ese momento agregó: «¿Así que no tenés ningún sobrenombre? Sos el nene solamente, claro», y yo hubiera querido morirme, o agarrarla por la garganta y ahogarla, y cuando abrí los ojos le vi el pelo castaño casi pegado a mi cara porque se había agachado para sacarme un resto de jabón, y olía a champú de almendra como el que se pone la profesora de dibujo, o algún perfume de esos, y no supe qué decir y lo único que se me ocurrió fue preguntarle: «¿Usted se llama Cora, verdad?» Me miró con aire burlón, con esos ojos que ya me conocían y que me habían visto por todos lados, y dijo: «La señorita Cora». Lo dijo para castigarme, lo sé, igual que antes había dicho: «Ya sos un chico crecidito», nada más que para burlarse. Aunque me daba rabia tener la cara colorada, eso no lo puedo disimular nunca y es lo peor que me puede ocurrir, lo mismo me animé a decirle: «Usted es tan joven que… Bueno, Cora es un nombre muy lindo». No era eso, lo que yo había querido decirle era otra cosa y me parece que se dio cuenta y le molestó, ahora estoy seguro de que está resentida por culpa de mamá, yo solamente quería decirle que era tan joven que me hubiera gustado poder llamarla Cora a secas, pero cómo se lo iba a decir en ese momento cuando se había enojado y ya se iba con la mesita de ruedas y yo tenía unas ganas de llorar, ésa es otra cosa que no puedo impedir, de golpe se me quiebra la voz y veo todo nublado, justo cuando necesitaría estar más tranquilo para decir lo que pienso. Ella iba a salir pero al llegar a la puerta se quedó un momento como para ver si no se olvidaba de alguna cosa, y yo quería decirle lo que estaba pensando pero no encontraba las palabras y lo único que se me ocurrió fue mostrarle la taza con el jabón, se había sentado en la cama y después de aclararse la voz dijo: «Se le olvida la taza con el jabón», muy seriamente y con un tono de hombre grande. Volví a buscar la taza y un poco para que se calmara le pasé la mano por la mejilla. «No te aflijas, Pablito», le dije. «Todo irá bien, es una operación de nada». Cuando lo toqué echó la cabeza atrás como ofendido, y después resbaló hasta esconder la boca en el borde de las frazadas. Desde ahí, ahogadamente, dijo: «Puedo llamarla Cora, ¿verdad?» Soy demasiado buena, casi me dio lástima tanta vergüenza que buscaba desquitarse por otro lado, pero sabía que no era el caso de ceder porque después me resultaría difícil dominarlo, y a un enfermo hay que dominarlo o es lo de siempre, los líos de María Luisa en la pieza catorce o los retos del doctor De Luisi que tiene un olfato de perro para esas cosas. «Señorita Cora», me dijo tomando la taza y yéndose. Me dio una rabia, unas ganas de pegarle, de saltar de la cama y echarla a empujones, o de... Ni siquiera comprendo cómo pude decirle: «Si yo estuviera sano a lo mejor me trataría de otra manera». Se hizo la que no oía, ni siquiera dio vuelta la cabeza, y me quedé solo y sin ganas de leer, sin ganas de nada, en el fondo hubiera querido que me contestara enojada para poder pedirle disculpas porque en realidad no era lo que yo había pensado decirle, tenía la garganta tan cerrada que no sé cómo me habían salido las palabras, se lo había dicho de pura rabia pero no era eso, a lo mejor sí pero de otra manera.

Y sí, son siempre lo mismo, una los acaricia, les dice una frase amable, y ahí nomás asoma el machito, no quieren convencerse de que todavía son unos mocosos. Esto tengo que contárselo a Marcial, se va a divertir y cuando mañana lo vea en la mesa de operaciones le va a hacer todavía más gracia, tan tiernito el pobre con esa carucha arrebolada, maldito calor que me sube por la piel, cómo podría hacer para que no me pase eso, a lo mejor respirando hondo antes de hablar, qué sé yo. Se debe haber ido furiosa, estoy seguro de que escuchó perfectamente, no sé cómo le dije eso, yo creo que cuando le pregunté si podía llamarla Cora no se enojó, me dijo lo de señorita porque es su obligación pero no estaba enojada, la prueba es que vino y me acarició la cara; pero no, eso fue antes, primero me acarició y entonces yo le dije lo de Cora y lo eché todo a perder. Ahora estamos peor que antes y no voy a poder dormir aunque me den un tubo de pastillas. La barriga me duele de a ratos, es raro pasarse la mano y sentirse tan liso, lo malo es que me vuelvo a acordar de todo y del perfume de almendras, la voz de Cora, tiene una voz muy grave para una chica tan joven y linda, una voz como de cantante de boleros, algo que acaricia aunque esté enojada. Cuando oí pasos en el corredor me acosté del todo y cerré los ojos, no quería verla, no me importaba verla, mejor que me dejara en paz, sentí que entraba y que encendía la luz del cielo raso, se hacía el dormido como un angelito, con una mano tapándose la cara, y no abrió los ojos hasta que llegué al lado de la cama. Cuando vio lo que traía se puso tan colorado que me volvió a dar lástima y un poco de risa, era demasiado idiota realmente. «A ver, m'hijito, bájese el pantalón y dése vuelta para el otro lado», y el pobre a punto de patalear como haría con la mamá cuando tenía cinco años, me imagino, a decir que no y a llorar y a meterse debajo de las cobijas y a chillar, pero el pobre no podía hacer nada de eso ahora, solamente se había quedado mirando el irrigador y después a mí que esperaba, y de golpe se dio vuelta y empezó a mover las manos debajo de las frazadas pero no atinaba a nada mientras yo colgaba el irrigador en la cabecera, tuve que bajarle las frazadas y ordenarle que levantara un poco el trasero para correrle mejor el pantalón y deslizarle una toalla. «A ver, subí un poco las piernas, así está bien, echate más de boca, te digo que te eches más de boca, así». Tan callado que era casi como si gritara, por una parte me hacía gracia estarle viendo el culito a mi joven admirador, pero de nuevo me daba un poco de lástima por él, era realmente como si lo estuviera castigando por lo que me había dicho. «Avisá si está muy caliente», le previne, pero no contestó nada, debía estar mordiéndose un puño y yo no quería verle la cara y por eso me senté al borde de la cama y esperé a que dijera algo, pero aunque era mucho líquido lo aguantó sin una palabra hasta el final, y cuando terminó le dije, y eso sí se lo dije para cobrarme lo de antes: «Así me gusta, todo un hombrecito», y lo tapé mientras le recomendaba que aguantase lo más posible antes de ir al baño. «¿Querés que te apague la luz o te la dejo hasta que te levantes?», me preguntó desde la puerta. No sé cómo alcancé a decirle que era lo mismo, algo así, y escuché el ruido de la puerta al cerrarse y entonces me tapé la cabeza con las frazadas y qué le iba a hacer, a pesar de los cólicos me mordí las dos manos y lloré tanto que nadie, nadie puede imaginarse lo que lloré mientras la maldecía y la insultaba y le clavaba un cuchillo en el pecho cinco, diez, veinte veces, maldiciéndola cada vez y gozando de lo que sufría y de cómo me suplicaba que la perdonase por lo que me había hecho.

Es lo de siempre, che Suárez, uno corta y abre, y en una de esas la gran sorpresa. Claro que a la edad del pibe tiene todas las chances a su favor, pero lo mismo le voy hablar claro al padre, no sea cosa que en una de esas tengamos un lío. Lo más probable es que haya una buena reacción, pero ahí hay algo que falla, pensá en lo que pasó al comienzo de la anestesia: parece mentira en un pibe de esa edad. Lo fui a ver a las dos horas y lo encontré bastante bien si pensás en lo que duró la cosa. Cuando entró el doctor De Luisi yo estaba secándole la boca al pobre, no terminaba de vomitar y todavía le duraba la anestesia pero el doctor lo auscultó lo mismo y me pidió que no me moviera de su lado hasta que estuviera bien despierto. Los padres siguen en la otra pieza, la buena señora se ve que no está acostumbrada a estas cosas, de golpe se le acabaron las paradas, y el viejo parece un trapo. Vamos Pablito, vomitá si tenés ganas y quejate todo lo que quieras, yo estoy aquí, sí, claro que estoy aquí, el pobre sigue dormido pero me agarra como si se estuviera ahogando. Debe creer que soy la mamá, todos creen eso, es monótono. Vamos, Pablo, no te muevas así, quieto que te va a doler más, no, dejá las manos tranquilas, ahí no te podés tocar. Al pobre le cuesta salir de la anestesia, Marcial me dijo que la operación había sido muy larga. Es raro, habrán encontrado alguna complicación: a veces el apéndice no está tan a la vista, le voy a preguntar a Marcial esta noche. Pero sí, m'hijito, estoy aquí, quéjese todo lo que quiera pero no se mueva tanto, yo le voy a mojar los labios con este pedacito de hielo en una gasa, así se le va pasando la sed. Sí, querido, vomitá más, aliviate todo lo que quieras. Qué fuerza tenés en las manos, me vas a llenar de moretones, sí, sí, llorá si tenés ganas, llorá, Pablito, eso alivia, llorá y quejate, total estás tan dormido y creés que soy tu mamá. Sos bien bonito, sabés, con esa nariz un poco respingona y esas pestañas como cortinas, parecés mayor ahora que estás tan pálido. Ya no te pondrías colorado por nada, verdad, mi pobrecito. Me duele, mamá, me duele aquí, dejame que me saque ese peso que me han puesto, tengo algo en la barriga que pesa tanto y me duele, mamá, decile a la enfermera que me saque eso. Sí, m'hijito, ya se le va a pasar, quédese un poco quieto, por qué tendrás tanta fuerza, voy a tener que llamar a María Luisa para que me ayude. Vamos, Pablo, me enojo si no te estás quieto, te va a doler mucho más si seguís moviéndote tanto. Ah, parece que empezás a darte cuenta, me duele aquí, señorita Cora, me duele tanto aquí, hágame algo por favor, me duele tanto aquí, suélteme las manos, no puedo más, señorita Cora, no puedo más.

Menos mal que se ha dormido el pobre querido, la enfermera me vino a buscar a las dos y media y me dijo que me quedara un rato con él que ya estaba mejor, pero lo veo tan pálido, ha debido perder tanta sangre, menos mal que el doctor De Luisi dijo que todo había salido bien. La enfermera estaba cansada de luchar con él, yo no entiendo por qué no me hizo entrar antes, en esta clínica son demasiado severos. Ya es casi de noche y el nene ha dormido todo el tiempo, se ve que está agotado, pero me parece que tiene mejor cara, un poco de color. Todavía se queja de a ratos pero ya no quiere tocarse el vendaje y respira tranquilo, creo que pasará bastante buena noche. Como si yo no supiera lo que tengo que hacer, pero era inevitable; apenas se le pasó el primer susto a la buena señora le salieron otra vez los desplantes de patrona, por favor que al nene no le vaya a faltar nada por la noche, señorita. Decí que te tengo lástima, vieja estúpida, si no ya ibas a ver cómo te trataba. Las conozco a éstas, creen que con una buena propina el último día lo arreglan todo. Y a veces la propina ni siquiera es buena, pero para qué seguir pensando, ya se mandó mudar y todo está tranquilo. Marcial, quedate un poco, no ves que el chico duerme, contame lo que pasó esta mañana. Bueno, si estás apurado lo dejamos para después. No, mirá que puede entrar María Luisa, aquí no, Marcial. Claro, el señor se sale con la suya, ya te he dicho que no quiero que me beses cuando estoy trabajando, no está bien.

Parecería que no tenemos toda la noche para besarnos, tonto. Andate. Váyase le digo, o me enojo. Bobo, pajarraco. Sí, querido, hasta luego. Claro que sí. Muchísimo.

Está muy oscuro pero es mejor, no tengo ni ganas de abrir los ojos. Casi no me duele, qué bueno estar así respirando despacio, sin esas náuseas. Todo está tan callado, ahora me acuerdo que vi a mamá, me dijo no sé qué, yo me sentía tan mal. Al viejo lo miré apenas, estaba a los pies de la cama y me guiñaba un ojo, el pobre siempre el mismo. Tengo un poco de frío, me gustaría otra frazada. Señorita Cora, me gustaría otra frazada. Pero si estaba ahí, apenas abrí los ojos la vi sentada al lado de la ventana leyendo una revista. Vino enseguida y me arropó, casi no tuve que decirle nada porque se dio cuenta en seguida. Ahora me acuerdo, yo creo que esta tarde la confundía con mamá y que ella me calmaba, o a lo mejor estuve soñando. ¿Estuve soñando, señorita Cora? Usted me sujetaba las manos, ¿verdad? Yo decía tantas pavadas, pero es que me dolía mucho, y las náuseas… Discúlpeme, no debe ser nada lindo ser enfermera. Sí, usted se ríe pero yo sé, a lo mejor la manché y todo. Bueno no hablaré más. Estoy tan bien así, ya no tengo

frío. No, no me duele mucho, un poquito solamente. ¿Es tarde, señorita Cora? Sh, usted se
queda calladito ahora, ya le he dicho que no
puede hablar mucho, alégrese de que no le
duela y quédese bien quieto. No, no es tarde,
apenas las siete. Cierre los ojos y duerma. Así.
Duérmase ahora.

Sí, yo querría pero no es tan fácil. Por momentos me parece que me voy a dormir, pero
de golpe la herida me pega un tirón o todo me
da vueltas en la cabeza, y tengo que abrir los
ojos y mirarla, está sentada al lado de la ventana y ha puesto la pantalla para leer sin que me
moleste la luz. ¿Por qué se quedará aquí todo
el tiempo? Tiene un pelo precioso, le brilla
cuando mueve la cabeza. Y es tan joven, pensar
que hoy la confundí con mamá, es increíble.
Vaya a saber qué cosas le dije, se debe haber reí-
do otra vez de mí. Pero me pasaba hielo por la
boca, eso me aliviaba tanto, ahora me acuerdo,
me puso agua colonia en la frente y en el pelo,
y me sujetaba las manos para que no me arran-
cara el vendaje. Ya no está enojada conmigo, a
lo mejor mamá le pidió disculpas o algo así, me
miraba de otra manera cuando me dijo: «Cierre los ojos y duérmase». Me gusta que me
mire así, parece mentira lo del primer día

cuando me quitó los caramelos. Me gustaría decirle que es tan linda, que no tengo nada contra ella, al contrario, que me gusta que sea ella la que me cuida de noche y no la enfermera chiquita. Me gustaría que me pusiera otra vez agua colonia en el pelo. Me gustaría que con una sonrisa me pidiera perdón, que me dijera que la puedo llamar Cora.

Se quedó dormido un buen rato, a las ocho calculé que el doctor De Luisi no tardaría y lo desperté para tomarle la temperatura. Tenía mejor cara y le había hecho bien dormir. Apenas vio el termómetro sacó una mano fuera de las cobijas, pero le dije que se estuviera quieto. No quería mirarlo en los ojos para que no sufriera pero lo mismo se puso colorado y empezó a decir que él podía muy bien solo. No le hice caso, claro, pero estaba tan tenso el pobre que no me quedó más remedio que decirle: «Vamos, Pablo, ya sos un hombrecito, no te vas a poner así cada vez, ¿verdad?» Es lo de siempre, con esa debilidad no pudo contener las lágrimas; haciéndome la que no me daba cuenta anoté la temperatura y me fui a prepararle la inyección. Cuando volvió yo me había secado los ojos con la sábana y tenía tanta rabia contra mí mismo que hubiera dado cualquier cosa por poder hablar, decirle que no me importaba, que en realidad no me importaba pero que no lo podía impedir. «Esto no duele nada», me dijo con la jeringa en la mano. «Es para que duermas bien toda la noche». Me destapó y otra vez sentí que me subía la sangre a la cara, pero ella se sonrió un poco y empezó a frotarme el muslo con un algodón mojado. «No duele nada», le dije porque algo tenía que decirle, no podía ser que me quedara así mientras ella me estaba mirando. «Ya ves», me dijo sacando la aguja y frotándome con el algodón. «Ya ves que no duele nada. Nada te tiene que doler, Pablito». Me tapó y me pasó la mano por la cara. Yo cerré los ojos y hubiera querido estar muerto, estar muerto y que ella me pasara la mano por la cara, llorando.

Nunca entendí mucho a Cora pero esta vez se fue a la otra banda. La verdad que no me importa si no entiendo a las mujeres. Lo único que vale la pena es que lo quieran a uno. Si están nerviosas, si se hacen problemas por cualquier macana, bueno nena, ya está, déme un beso y se acabó. Se ve que todavía es tiernita, va a pasar un buen rato antes de que aprenda a vivir en este oficio maldito, la pobre apareció esta noche con una cara rara y me costó media hora hacerle olvidar esas tonterías. Todavía no ha encontrado la manera de buscarle la vuelta a algunos enfermos, ya le pasó con la vieja del veintidós pero yo creía que desde entonces habría aprendido un poco, y ahora este pibe le vuelve a dar dolores de cabeza. Estuvimos tomando mate en mi cuarto a eso de las dos de la mañana, después fue a darle la inyección y cuando volvió estaba de mal humor, no quería saber nada conmigo. Le queda bien esa carucha de enojada, de tristona, de a poco se la fui cambiando, y al final se puso a reír y me contó, a esa hora me gusta tanto desvestirla y sentir que tiembla un poco como si tuviera frío. Debe ser muy tarde, Marcial. Ah, entonces puedo quedarme un rato todavía, la otra inyección le toca a las cinco y media, la galleguita no llega hasta las seis. Perdoname, Marcial, soy una boba, mirá que preocuparme tanto por ese mocoso, al fin y al cabo lo tengo dominado pero de a ratos me da lástima, a esa edad son tontos, tan orgullosos, si pudiera le pediría al doctor Suárez que me cambiara, hay dos operados en el segundo piso, gente grande, uno les pregunta tranquilamente si han ido de cuerpo, les alcanza la chata, los limpia si hace falta, todo eso charlando del tiempo o de la política, es un ir y venir de cosas naturales, cada uno está en lo suyo, Marcial, no como aquí, comprendés. Sí, claro que hay que hacerse a todo, cuántas veces me van a tocar chicos de esa edad, es una cuestión de técnica como decís vos. Sí, querido, claro. Pero es que todo empezó mal por culpa de la madre, eso no se ha borrado, sabés, desde el primer minuto hubo un malentendido, y el chico tiene su orgullo y le duele, sobre todo que al principio no se daba cuenta de todo lo que iba a venir y quiso hacerse el grande, mirarme como si fueras vos, como un hombre. Ahora ya ni le puedo preguntar si quiere hacer pis, lo malo es que sería capaz de aguantarse toda la noche si yo me quedara en la pieza. Me da risa cuando me acuerdo, quería decir que sí y no se animaba, entonces me fastidió tanta tontería y lo obligué para que aprendiera a hacer pis sin moverse, bien tendido de espaldas. Siempre cierra los ojos en esos momentos pero es casi peor, está a punto de llorar o de insultarme, está entre las dos cosas y no puede, es tan chico, Marcial, y esa buena señora que lo ha de haber criado como un tilinguito, el nene de aquí y el nene de allá, mucho sombrero y saco entallado pero en el fondo el bebé de siempre, el tesorito de mamá. Ah, y justamente le vengo a tocar yo, el alto voltaje como decís vos, cuando hubiera estado tan bien con María Luisa que es idéntica a su tía y que lo hubiera limpiado por todos lados sin que se le subieran los colores a la cara. No, la verdad, no tengo suerte, Marcial.

Estaba soñando con la clase de francés cuando encendió la luz del velador, lo primero que le veo es siempre el pelo, será porque se tiene que agachar para las inyecciones o lo que sea, el pelo cerca de mi cara, una vez me hizo cosquillas en la boca y huele tan bien, y siempre se sonríe un poco cuando me está frotando con el algodón, me frotó un rato largo antes de pincharme y yo le miraba la mano tan segura que iba apretando de a poco la jeringa, el líquido amarillo que entraba despacio, haciéndome doler. «No, no me duele nada». Nunca le podré decir: «No me duele nada, Cora». Y no le voy a decir señorita Cora, no se lo voy a decir nunca. Le hablaré lo menos que pueda y no la pienso llamar señorita Cora aunque me lo pida de rodillas. No, no me duele nada. No, gracias, me siento bien, voy a seguir durmiendo. Gracias.

Por suerte ya tiene de nuevo sus colores pero todavía está muy decaído, apenas si pudo darme un beso, y a tía Esther casi no la miró y eso que le había traído las revistas y una corbata preciosa para el día en que lo llevemos a casa. La enfermera de la mañana es un amor de mujer, tan humilde, con ella sí da gusto hablar, dice que el nene durmió hasta las ocho y que bebió un poco de leche, parece que ahora van a empezar a alimentarlo, tengo que decirle al doctor Suárez que el cacao le hace mal, o a lo mejor su padre ya se lo dijo porque estuvieron hablando un rato. Si quiere salir un momento, señora, vamos a ver cómo anda este hombre. Usted quédese, señor Morán, es que a la mamá le puede hacer impresión tanto vendaje. Vamos a ver un poco, compañero. ¿Ahí duele? Claro, es natural. Y ahí, decime si ahí te duele o solamente está sensible. Bueno, vamos muy bien, amiguito. Y así cinco minutos, si me duele aquí, si estoy sensible más acá, y el viejo mirándome la barriga como si me la viera por primera vez. Es raro pero no me siento tranquilo hasta que se van, pobres viejos tan afligidos pero qué le voy a hacer, me molestan, dicen siempre lo que no hay que decir,

sobre todo mamá, y menos mal que la enfermera chiquita parece sorda y le aguanta todo con
esa cara de esperar propina que tiene la pobre.
Mirá que venir a jorobar con lo del cacao, ni que
yo fuese un niño de pecho. Me dan unas ganas
de dormir cinco días seguidos sin ver a nadie,
sobre todo sin ver a Cora, y despertarme justo
cuando me vengan a buscar para ir a casa. A lo
mejor habrá que esperar unos días más, señor
Morán, ya sabrá por De Luisi que la operación
fue más complicada de lo previsto, a veces hay
pequeñas sorpresas. Claro que con la constitu-
ción de ese chico yo creo que no habrá problema, pero mejor dígale a su señora que no va a ser
cosa de una semana como se pensó al principio.
Ah, claro, bueno, de eso usted hablará con el ad-
ministrador, son cosas internas. Ahora vos fijate
si no es mala suerte, Marcial, anoche te lo anun-
cié, esto va a durar mucho más de lo que pensá-
bamos. Sí, ya sé que no importa pero podrías ser
un poco más comprensivo, sabés muy bien que
no me hace feliz atender a ese chico, y a él todavía menos, pobrecito. No me mirés así, por qué
no le voy a tener lástima. No me mirés así.

Nadie me prohibió que leyera pero se me
caen las revistas de la mano, y eso que tengo
dos episodios por terminar y todo lo que me

trajo tía Esther. Me arde la cara, debo de tener fiebre o es que hace mucho calor en esta pieza, le voy a pedir a Cora que entorne un poco la ventana o que me saque una frazada. Quisiera dormir, es lo que más me gustaría, que ella estuviese allí sentada leyendo una revista y yo durmiendo sin verla, sin saber que está allí, pero ahora no se va a quedar más de noche, ya pasó lo peor y me dejarán solo. De tres a cuatro creo que dormí un rato, a las cinco justas vino con un remedio nuevo, unas gotas muy amargas. Siempre parece que se acaba de bañar y cambiar, está tan fresca y huele a talco perfumado, a lavanda. «Este remedio es muy feo, ya sé», me dijo, y se sonreía para animarme. «No, es un poco amargo, nada más», le dije. «¿Cómo pasaste el día?», me preguntó, sacudiendo el termómetro. Le dije que bien, que durmiendo, que el doctor Suárez me había encontrado mejor, que no me dolía mucho. «Bueno, entonces podés trabajar un poco», me dijo dándome el termómetro. Yo no supe qué contestarle y ella se fue a cerrar las persianas y arregló los frascos en la mesita mientras yo me tomaba la temperatura. Hasta tuve tiempo de echarle un vistazo al termómetro antes de que viniera a buscarlo. «Pero tengo muchísima fiebre», me dijo como asustado. Era fatal, siempre seré la misma estúpida, por evitarle el mal momento le doy el termómetro y naturalmente el muy chiquilín no pierde tiempo en enterarse de que está volando de fiebre. «Siempre es así los primeros cuatro días, y además nadie te mandó que miraras», le dije, más furiosa contra mí que contra él. Le pregunté si había movido el vientre y me dijo que no. Le sudaba la cara, se la sequé y le puse un poco de agua colonia; había cerrado los ojos antes de contestarme y no los abrió mientras yo lo peinaba un poco para que no le molestara el pelo en la frente. Treinta y nueve y nueve era mucha fiebre, realmente. «Tratá de dormir un rato», le dije, calculando a qué hora podría avisarle al doctor Suárez. Sin abrir los ojos hizo un gesto como de fastidio, y articulando cada palabra me dijo: «Usted es mala conmigo, Cora». No atiné a contestarle nada, me quedé a su lado hasta que abrió los ojos y me miró con toda su fiebre y toda su tristeza. Casi sin darme cuenta estiré la mano y quise hacerle una caricia en la frente, pero me rechazó de un manotón y algo debió tironearle en la herida porque se crispó de dolor. Antes de que pudiera reaccionar me dijo en voz muy baja: «Usted no sería así conmigo si me hubiera conocido en otra parte». Estuve al borde de soltar una carcajada, pero era tan ridículo que me dijera eso mientras se le llenaban los ojos de lágrimas que me pasó lo de siempre, me dio rabia y casi miedo, me sentí de golpe como desamparada delante de ese chiquilín pretencioso. Conseguí dominarme (eso se lo debo a Marcial, me ha enseñado a controlarme y cada vez lo hago mejor), y me enderecé como si no hubiera sucedido nada, puse la toalla en la percha y tapé el frasco de agua colonia. En fin, ahora sabíamos a qué atenernos, en el fondo era mucho mejor así. Enfermera, enfermo, y pare de contar. Que el agua colonia se la pusiera la madre, yo tenía otras cosas que hacerle y se las haría sin más contemplaciones. No sé por qué me quedé más de lo necesario. Marcial me dijo cuando se lo conté que había querido darle la oportunidad de disculparse, de pedir perdón. No sé, a lo mejor fue eso o algo distinto, a lo mejor me quedé para que siguiera insultándome, para ver hasta dónde era capaz de llegar. Pero seguía con los ojos cerrados y el sudor le empapaba la frente y las mejillas, era como si me hubieran metido en agua hirviendo, veía manchas violeta y rojas cuando apretaba los ojos para no mirarla sabiendo que todavía estaba allí, y hubiera dado cualquier cosa para que se agachara y volviera a secarme la frente como si yo no le hubiera dicho eso, pero ya era imposible, se iba a ir sin hacer nada, sin decirme nada, y yo abriría los ojos y encontraría la noche, el velador, la pieza vacía, un poco de perfume todavía, y me repetiría diez veces, cien veces, que había hecho bien en decirle lo que le había dicho, para que aprendiera, para que no me tratara como a un chico, para que me dejara en paz, para que no se fuera.

Empiezan siempre a la misma hora, entre seis y siete de la mañana, debe ser una pareja que anida en las cornisas del patio, un palomo que arrulla y la paloma que le contesta, al rato se cansan, se lo dije a la enfermera chiquita que viene a lavarme y a darme el desayuno, se encogió de hombros y dijo que ya otros enfermos se habían quejado de las palomas pero que el director no quería que las echaran. Ya ni sé cuánto hace que las oigo, las primeras mañanas estaba demasiado dormido o dolorido para fijarme, pero desde hace tres días escucho a las palomas y me entristecen, quisiera estar en casa oyendo ladrar a *Milord*, oyendo a la tía Esther que a esta hora se levanta para ir a misa.

Maldita fiebre que no quiere bajar, me van a tener aquí hasta quién sabe cuándo, se lo voy a preguntar al doctor Suárez esta misma mañana, al fin y al cabo podría estar lo más bien en casa. Mire, señor Morán, quiero ser franco con usted, el cuadro no es nada sencillo. No, señorita Cora, prefiero que usted siga atendiendo a ese enfermo, y le voy a decir por qué. Pero entonces, Marcial... Vení, te voy a hacer un café bien fuerte, mirá que sos potrilla todavía, parece mentira. Escuchá, vieja, he estado hablando discretamente con el doctor Suárez, y parece que el pibe...

Por suerte después se callan, a lo mejor se van volando por ahí, por toda la ciudad, tienen suerte las palomas. Qué mañana interminable, me alegré cuando se fueron los viejos, ahora les da por venir más seguido desde que tengo tanta fiebre. Bueno, si me tengo que quedar cuatro o cinco días más aquí, qué importa. En casa sería mejor, claro, pero lo mismo tendría fiebre y me sentiría tan mal de a ratos. Pensar que no puedo ni mirar una revista, es una debilidad como si no me quedara sangre. Pero todo es por la fiebre, me lo dijo anoche el doctor De Luisi y el doctor Suárez me lo repitió esta mañana, ellos saben. Duermo mucho pero lo mismo es como si no pasara el tiempo, siempre es antes de las tres como si a mí me importaran las tres o las cinco. Al contrario, a las tres se va la enfermera chiquita y es una lástima porque con ella estoy tan bien. Si me pudiera dormir de un tirón hasta la medianoche sería mucho mejor. Pablo, soy yo, la señorita Cora. Tu enfermera de la noche que te hace doler con las inyecciones. Ya sé que no te duele, tonto, es una broma. Seguí durmiendo si querés, ya está. Me dijo: «Gracias» sin abrir los ojos, pero hubiera podido abrirlos, sé que con la galleguita estuvo charlando a mediodía aunque le han prohibido que hable mucho. Antes de salir me di vuelta de golpe y me estaba mirando, sentí que todo el tiempo me había estado mirando de espaldas. Volví y me senté al lado de la cama, le tomé el pulso, le arreglé las sábanas que arrugaba con sus manos de fiebre. Me miraba el pelo, después bajaba la vista y evitaba mis ojos. Fui a buscar lo necesario para prepararlo y me dejó hacer sin una palabra, con los ojos fijos en la ventana, ignorándome. Vendrían a buscarlo a las cinco y media en punto, todavía le quedaba un rato para dormir, los padres esperaban en la planta baja porque le hubiera hecho impresión verlos a esa hora. El doctor Suárez iba a venir un rato antes para explicarle que tenían que completar la operación, cualquier cosa que no lo inquietara demasiado. Pero en cambio mandaron a Marcial, me tomó de sorpresa verlo entrar así pero me hizo una seña para que no me moviera y se quedó a los pies de la cama leyendo la hoja de temperatura hasta que Pablo se acostumbrara a su presencia. Le empezó a hablar un poco en broma, armó la conversación como él sabe hacerlo, el frío en la calle, lo bien que se estaba en ese cuarto, y él lo miraba sin decir nada, como esperando, mientras yo me sentía tan rara, hubiera querido que Marcial se fuera y me dejara sola con él, yo hubiera podido decírselo mejor que nadie, aunque quizá no, probablemente no. Pero si ya lo sé, doctor, me van a operar de nuevo, usted es el que me dio la anestesia la otra vez, y bueno, mejor eso que seguir en esta cama y con esta fiebre. Yo sabía que al final tendrían que hacer algo, por qué me duele tanto desde ayer, un dolor diferente, desde más adentro. Y usted, ahí sentada, no ponga esa cara, no se sonría como si me viniera a invitar al cine. Váyase con él y béselo en el pasillo, tan dormido no estaba la otra tarde cuando usted se enojó con él porque le había besado aquí.

Váyanse los dos, déjenme dormir, durmiendo no me duele tanto.

Y bueno, pibe, ahora vamos a liquidar este asunto de una vez por todas, hasta cuándo nos vas a estar ocupando una cama, che. Contá despacito, uno, dos, tres. Así va bien, vos seguí contando y dentro de una semana estás comiendo un bife jugoso en casa. Un cuarto de hora a gatas, nena, y vuelta a coser. Había que verle la cara a De Luisi, uno no se acostumbra nunca del todo a estas cosas. Mirá, aproveché para pedirle a Suárez que te relevaran como vos querías, le dije que estás muy cansada con un caso tan grave; a lo mejor te pasan al segundo piso si vos también le hablás. Está bien, hacé como quieras, tanto quejarte la otra noche y ahora te sale la samaritana. No te enojés conmigo, lo hice por vos. Sí, claro que lo hizo por mí pero perdió el tiempo, me voy a quedar con él esta noche y todas las noches. Empezó a despertarse a las ocho y media, los padres se fueron enseguida porque era mejor que no los viera con la cara que tenían los pobres, y cuando llegó el doctor Suárez me preguntó en voz baja si quería que me relevara María Luisa, pero le hice una seña de que me quedaba y se fue. María Luisa me acompañó un rato porque tuvimos que sujetarlo y calmarlo, después se tranquilizó de golpe y casi no tuvo vómitos; está tan débil que se volvió a dormir sin quejarse mucho hasta las diez. Son las palomas, vas a ver, mamá, ya están arrullando como todas las mañanas, no sé por qué no las echan, que se vuelen a otro árbol. Dame la mano, mamá, tengo tanto frío. Ah, entonces estuve soñando, me parecía que ya era de mañana y que estaban las palomas. Perdóneme, la confundí con mamá. Otra vez desviaba la mirada, se volvía a su encono, otra vez me echaba a mí toda la culpa. Lo atendí como si no me diera cuenta de que seguía enojado, me senté junto a él y le mojé los labios con hielo. Cuando me miró, después que le puse agua colonia en las manos y la frente, me acerqué más y le sonreí. «Llamame Cora», le dije. «Yo sé que no nos entendimos al principio, pero vamos a ser tan buenos amigos, Pablo». Me miraba callado. «Decime: Sí, Cora». Me miraba, siempre. «Señorita Cora», dijo después, y cerró los ojos. «No, Pablo, no», le pedí, besándolo en la mejilla, muy cerca de la boca. «Yo voy a ser Cora para vos, solamente para vos». Tuve que echarme atrás, pero lo mismo me salpicó la cara. Lo sequé, le sostuve la cabeza para que se enjuagara la boca, lo volví a besar hablándole al oído. «Discúlpeme», dijo con un hilo de voz, «no lo pude contener». Le dije que no fuera tonto, que para eso estaba yo cuidándolo, que vomitara todo lo que quisiera para aliviarse. «Me gustaría que viniera mamá», me dijo, mirando a otro lado con los ojos vacíos. Todavía le acaricié un poco el pelo, le arreglé las frazadas esperando que me dijera algo, pero estaba muy lejos y sentí que lo hacía sufrir todavía más si me quedaba. En la puerta me volví y esperé; tenía los ojos muy abiertos, fijos en el cielo raso. «Pablito», le dije. «Por favor, Pablito. Por favor, querido». Volví hasta la cama, me agaché para besarlo; olía a frío, detrás del agua colonia estaba el vómito, la anestesia. Si me quedo un segundo más me pongo a llorar delante de él, por él. Lo besé otra vez y salí corriendo, bajé a buscar a la madre y a María Luisa; no quería volver mientras la madre estuviera allí, por lo menos esa noche no quería volver y después sabía demasiado bien que no tendría ninguna necesidad de volver a ese cuarto, que Marcial y María Luisa se ocuparían de todo hasta que el cuarto quedara otra vez libre.

La isla a mediodía

La primera vez que vio la isla, Marini estaba cortésmente inclinado sobre los asientos de la izquierda, ajustando la mesa de plástico antes de instalar la bandeja del almuerzo. La pasajera lo había mirado varias veces mientras él iba y venía con revistas o vasos de whisky; Marini se demoraba ajustando la mesa, preguntándose aburridamente si valdría la pena responder a la mirada insistente de la pasajera, una americana de las muchas, cuando en el óvalo azul de la ventanilla entró el litoral de la isla, la franja dorada de la playa, las colinas que subían hacia la meseta desolada. Corrigiendo la posición defectuosa del vaso de cerveza, Marini sonrió a la pasajera. «Las islas griegas», dijo. «Oh, yes, Greece», repuso la americana con un falso interés. Sonaba brevemente un timbre y el steward se enderezó, sin que la sonrisa profesional se borrara de su boca de labios finos. Empezó a ocuparse de un matrimonio sirio que quería jugo de tomate, pero en la cola del avión se concedió unos segundos para mirar otra vez hacia abajo; la isla era pequeña y solitaria, y el Egeo la rodeaba con un intenso azul que exaltaba la orla de un blanco deslumbrante y como petrificado, que allá abajo sería espuma rompiendo en los arrecifes y las caletas. Marini vio que las playas desiertas corrían hacia el norte y el oeste, lo demás era la montaña entrando a pique en el mar. Una isla rocosa y desierta, aunque la mancha plomiza cerca de la playa del norte podía ser una casa, quizá un grupo de casas primitivas. Empezó a abrir la lata de jugo, y al enderezarse la isla se borró de la ventanilla; no quedó más que el mar, un verde horizonte interminable. Miró su reloj pulsera sin saber por qué; era exactamente mediodía.

A Marini le gustó que lo hubieran destinado a la línea Roma-Teherán, porque el pasaje era menos lúgubre que en las líneas del norte y las muchachas parecían siempre felices de ir a Oriente o de conocer Italia. Cuatro días después, mientras ayudaba a un niño que había perdido la cuchara y mostraba desconsolado el plato del postre, descubrió otra vez el borde de la isla. Había una diferencia de ocho minutos pero cuando se inclinó sobre una ventanilla de la cola no le quedaron dudas; la isla tenía una forma inconfundible, como una tortuga que sacara apenas las patas del agua. La miró hasta que lo llamaron, esta vez con la seguridad de que la mancha plomiza era un grupo de casas; alcanzó a distinguir el dibujo de unos pocos campos cultivados que llegaban hasta la playa. Durante la escala de Beirut miró el atlas de la stewardess, y se preguntó si la isla no sería Horos. El radiotelegrafista, un francés indiferente, se sorprendió de su interés. «Todas esas islas se parecen, hace dos años que hago la línea y me importan muy poco. Sí, muéstremela la próxima vez». No era Horos sino Xiros, una de las muchas islas al margen de los circuitos turísticos. «No durará ni cinco años», le dijo la stewardess mientras bebían una copa en Roma. «Apúrate si piensas ir, las hordas estarán allí en cualquier momento, Gengis Cook vela». Pero Marini siguió pensando en la isla, mirándola cuando se acordaba o había una ventanilla cerca, casi siempre encogiéndose de hombros al final. Nada de eso tenía sentido, volar tres veces por semana a mediodía sobre Xiros era tan irreal como soñar tres veces por semana que volaba a mediodía sobre Xiros. Todo estaba falseado en la visión inútil y recurrente; salvo, quizá, el deseo de repetirla, la consulta al reloj pulsera antes de mediodía, el breve, punzante contacto con la deslumbradora franja blanca al borde de un azul casi negro, y las casas donde los pescadores alzarían apenas los ojos para seguir el paso de esa otra irrealidad.

Ocho o nueve semanas después, cuando le propusieron la línea de Nueva York con todas sus ventajas, Marini se dijo que era la oportunidad de acabar con esa manía inocente y fastidiosa. Tenía en el bolsillo el libro donde un vago geógrafo de nombre levantino daba sobre Xiros más detalles que los habituales en las guías. Contestó negativamente, oyéndose como desde lejos, y después de sortear la sorpresa escandalizada de un jefe y dos secretarias se fue a comer a la cantina de la compañía donde lo esperaba Carla. La desconcertada decepción de Carla no lo inquietó; la costa sur de Xiros era inhabitable pero hacia el oeste quedaban huellas de una colonia lidia o quizá cretomicénica, y el profesor Goldmann había encontrado dos piedras talladas con jeroglíficos que los pescadores empleaban como pilotes del pequeño muelle. A Carla le dolía la cabeza y se marchó casi enseguida; los pulpos eran el recurso principal del puñado de habitantes, cada cinco días llegaba un barco para cargar la pesca y dejar algunas provisiones y géneros. En la agencia de viajes le dijeron que habría que fletar un barco especial desde Rynos, o quizá se pudiera viajar en la falúa que recogía los pulpos, pero esto último sólo lo sabría Marini en Rynos donde la agencia no tenía corresponsal. De todas maneras la idea de pasar unos días en la isla no era más que un plan para las vacaciones de junio; en las semanas que siguieron hubo que reemplazar a White en la línea de Túnez, y después empezó una huelga y Carla se volvió a casa de sus hermanas en Palermo. Marini fue a vivir a un hotel cerca de Piazza Navona, donde había librerías de viejo; se entretenía sin muchas ganas en buscar libros sobre Grecia, hojeaba de a ratos un manual de conversación. Le hizo gracia la palabra *kalimera* y la ensayó en un cabaret con una chica pelirroja, se acostó con ella, supo de su abuelo en Odos y de unos dolores de garganta inexplicables. En Roma empezó a llover, en Beirut lo esperaba siempre Tania, había otras historias, siempre parientes o dolores; un día fue otra vez la línea de Teherán, la isla a mediodía. Marini se quedó tanto tiempo pegado a la ventanilla que la nueva stewardess lo trató de mal compañero y le hizo la cuenta de las bandejas que llevaba servidas. Esa noche Marini invitó a la *stewardess* a comer en el Firouz y no le costó que le perdonaran la distracción de la mañana. Lucía le aconsejó que se hiciera cortar el pelo a la americana; él le habló un rato de Xiros, pero después comprendió que ella prefería el vodka-lime del Hilton. El tiempo se iba en cosas así, en infinitas bandejas de comida, cada una con la sonrisa a la que tenía derecho el pasajero. En los viajes de vuelta el avión sobrevolaba Xiros a las ocho de la mañana, el sol daba contra las ventanillas de babor y dejaba apenas entrever la tortuga dorada; Marini prefería esperar los mediodías del vuelo de ida, sabiendo que entonces podía quedarse un largo minuto contra la ventanilla mientras Lucía (y después Felisa) se ocupaba un poco irónicamente del trabajo. Una vez sacó una foto de Xiros pero le salió borrosa; ya sabía algunas cosas de la isla, había subrayado las raras menciones en un par de libros. Felisa le contó que los pilotos lo llamaban el loco de la isla, y no le molestó. Carla acababa de escribirle que había decidido no tener el niño, y Marini le envió dos sueldos y pensó que el resto no le alcanzaría para las vacaciones. Carla aceptó el dinero y le hizo saber por una amiga que probablemente se casaría con el dentista de Treviso. Todo tenía tan poca importancia a mediodía, los lunes y los jueves y los sábados (dos veces por mes, el domingo).

Con el tiempo fue dándose cuenta de que Felisa era la única que lo comprendía un poco; había un acuerdo tácito para que ella se ocupara del pasaje a mediodía, apenas él se instalaba junto a la ventanilla de la cola. La isla era visible unos pocos minutos, pero el aire estaba siempre tan limpio y el mar la recortaba con una crueldad tan minuciosa que los más pequeños detalles se iban ajustando implacables al recuerdo del pasaje anterior: la mancha verde del promontorio del norte, las casas plomizas, las redes secándose en la arena. Cuando faltaban las redes Marini lo sentía como un empobrecimiento, casi un insulto. Pensó en filmar el paso de la isla, para repetir la imagen en el hotel, pero prefirió ahorrar el dinero de la cámara ya que apenas le faltaba un mes para las vacaciones. No llevaba demasiado la cuenta de los días; a veces era Tania en Beirut, a veces Felisa en Teherán, casi siempre su hermano menor en Roma, todo un poco borroso, amablemente fácil y cordial y como reemplazando otra cosa, llenando las horas antes o después del vuelo, y en el vuelo todo era también borroso y fácil y estúpido hasta la hora de ir a inclinarse sobre la ventanilla de la cola, sentir el frío cristal como un límite del acuario donde lentamente se movía la tortuga dorada en el espeso azul.

Ese día las redes se dibujaban precisas en la arena, y Marini hubiera jurado que el punto negro a la izquierda, al borde del mar, era un pescador que debía estar mirando el avión. «Kalimera», pensó absurdamente. Ya no tenía sentido esperar más, Mario Merolis le prestaría el dinero que le faltaba para el viaje, en menos de tres días estaría en Xiros. Con los labios pegados al vidrio, sonrió pensando que treparía hasta la mancha verde, que entraría desnudo en el mar de las caletas del norte, que pescaría pulpos con los hombres, entendiéndose por señas y por risas. Nada era difícil una vez decidido, un tren nocturno, un primer barco, otro barco viejo y sucio, la escala en Rynos, la negociación interminable con el capitán de la falúa, la noche en el puente, pegado a las estrellas, el sabor del anís y del carnero, el amanecer entre las islas. Desembarcó con las primeras luces, y el capitán lo presentó a un viejo que debía ser el patriarca. Klaios le tomó la mano izquierda y habló lentamente, mirándolo en los ojos. Vinieron dos muchachos y Marini entendió que eran los hijos de Klaios. El capitán de la falúa agotaba su inglés: veinte habitantes, pulpos, pesca, cinco casas, italiano visitante pagaría alojamiento Klaios.

Los muchachos rieron cuando Klaios discutió dracmas; también Marini, ya amigo de los más jóvenes, mirando salir el sol sobre un mar menos oscuro que desde el aire, una habitación pobre y limpia, un jarro de agua, olor a salvia y a piel curtida.

Lo dejaron solo para irse a cargar la falúa, y después de quitarse a manotazos la ropa de viaje y ponerse un pantalón de baño y unas sandalias, echó a andar por la isla. Aún no se veía a nadie, el sol cobraba lentamente impulso y de los matorrales crecía un olor sutil, un poco ácido, mezclado con el yodo del viento. Debían ser las diez cuando llegó al promontorio del norte y reconoció la mayor de las caletas. Prefería estar solo aunque le hubiera gustado más bañarse en la playa de arena; la isla lo invadía y lo gozaba con una tal intimidad que no era capaz de pensar o de elegir. La piel le quemaba de sol y de viento cuando se desnudó para tirarse al mar desde una roca; el agua estaba fría y le hizo bien; se dejó llevar por corrientes insidiosas hasta la entrada de una gruta, volvió mar afuera, se abandonó de espaldas, lo aceptó todo en un solo acto de conciliación que era también un nombre para el futuro. Supo sin la menor duda que no se iría de la isla, que de alguna manera iba a quedarse para siempre en la isla. Alcanzó a imaginar a su hermano, a Felisa, sus caras cuando supieran que se había quedado a vivir de la pesca en un peñón solitario. Ya los había olvidado cuando giró sobre sí mismo para nadar hacia la orilla.

El sol le secó enseguida, bajó hacia las casas donde dos mujeres lo miraron asombradas antes de correr a encerrarse. Hizo un saludo en el vacío y bajó hacia las redes. Uno de los hijos de Klaios lo esperaba en la playa, y Marini le señaló el mar, invitándolo. El muchacho vaciló, mostrando sus pantalones de tela y su camisa roja. Después fue corriendo hacia una de las casas, y volvió casi desnudo; se tiraron juntos a un mar ya tibio, deslumbrante bajo el sol de las once.

Secándose en la arena, Ionas empezó a nombrar las cosas. «Kalimera», dijo Marini, y el muchacho rió hasta doblarse en dos. Después Marini repitió las frases nuevas, enseñó palabras italianas a Ionas. Casi en el horizonte, la falúa se iba empequeñeciendo; Marini sintió que ahora estaba realmente solo en la isla con Klaios y los suyos. Dejaría pasar unos días, pagaría su habitación y aprendería a pescar; alguna tarde, cuando ya lo conocieran bien, les hablaría de quedarse y de trabajar con ellos. Levantándose, tendió la mano a Ionas y echó a andar lentamente hacia la colina. La cuesta era escarpada y trepó saboreando cada alto, volviéndose una y otra vez para mirar las redes en la playa, las siluetas de las mujeres que hablaban animadamente con Ionas y con Klaios y lo miraban de reojo, riendo. Cuando llegó a la mancha verde entró en un mundo donde el olor del tomillo y de la salvia era una misma materia con el fuego del sol y la brisa del mar. Marini miró su reloj pulsera y después, con un gesto de impaciencia, lo arrancó de la muñeca y lo guardó en el bolsillo del pantalón de baño. No sería fácil matar al hombre viejo, pero allí en lo alto, tenso de sol y de espacio, sintió que la empresa era posible. Estaba en Xiros, estaba allí donde tantas veces había dudado que pudiera llegar alguna vez. Se dejó caer de espaldas entre las piedras calientes, resistió sus aristas y sus lomos encendidos, y miró verticalmente el cielo; lejanamente le llegó el zumbido de un motor.

Cerrando los ojos se dijo que no miraría el avión, que no se dejaría contaminar por lo peor de sí mismo, que una vez más iba a pasar sobre la isla. Pero en la penumbra de los párpados imaginó a Felisa con las bandejas, en ese mismo instante distribuyendo las bandejas, y su reemplazante, tal vez Giorgio o alguno nuevo de otra línea, alguien que también estaría sonriendo mientras alcanzaba las botellas de vino o el café. Incapaz de luchar contra tanto pasado abrió los ojos y se enderezó, y en el mismo momento vio el ala derecha del avión, casi sobre su cabeza, inclinándose inexplicablemente, el cambio de sonido de las turbinas, la caída casi vertical sobre el mar. Bajó a toda carrera por la colina, golpeándose en las rocas y desgarrándose un brazo entre las espinas. La isla le ocultaba el lugar de la caída, pero torció antes de llegar a la playa y por un atajo previsible franqueó la primera estribación de la colina y salió a la playa más pequeña. La cola del avión se hundía a unos cien metros, en un silencio total. Marini tomó impulso y se lanzó al agua, esperando todavía que el avión volviera a flotar; pero no se veía más que la blanda línea de las olas, una caja de cartón oscilando absurdamente cerca del lugar de la caída, y casi al final, cuando ya no tenía sentido seguir nadando, una mano fuera del agua, apenas un instante, el tiempo para que Marini cambiara de rumbo y se zambullera hasta atrapar por el pelo al hombre que luchó por aferrarse a él y tragó roncamente el aire que Marini le dejaba respirar sin acercarse demasiado. Remolcándolo poco a poco lo trajo hasta la orilla, tomó en brazos el cuerpo vestido de blanco, y tendiéndolo en la arena miró la cara llena de espuma donde la muerte estaba ya instalada, sangrando por una enorme herida en la garganta. De qué podía servir la respiración artificial si con cada convulsión la herida parecía abrirse un poco más y era como una boca repugnante que llamaba a Marini, lo arrancaba a su pequeña felicidad de tan pocas horas en la isla, le gritaba entre borbotones algo que él ya no era capaz de oír. A toda carrera venían los hijos de Klaios y más atrás las mujeres. Cuando llegó Klaios, los muchachos rodeaban el cuerpo tendido en la arena, sin comprender cómo había tenido fuerzas para nadar a la orilla y arrastrarse desangrándose hasta ahí. «Ciérrale los ojos», pidió llorando una de las mujeres. Klaios miró hacia el mar, buscando algún otro sobreviviente. Pero, como siempre, estaban solos en la isla y el cadáver de ojos abiertos era lo único nuevo entre ellos y el mar.

Instrucciones para John Howell

A Peter Brook

Pensándolo después —en la calle, en un tren, cruzando campos— todo eso hubiera parecido absurdo, pero un teatro no es más que un pacto con el absurdo, su ejercicio eficaz y lujoso. A Rice, que se aburría en un Londres otoñal de fin de semana y que había entrado al Aldwych sin mirar demasiado el programa, el primer acto de la pieza le pareció sobre todo mediocre; el absurdo empezó en el intervalo cuando el hombre de gris se acercó a su butaca y lo invitó cortésmente, con una voz casi inaudible, a que lo acompañara entre bastidores. Sin demasiada sorpresa pensó que la dirección del teatro debía estar haciendo una encuesta, alguna vaga investigación con fines publicitarios. «Si se trata de una opinión», dijo Rice, «el primer acto me parece flojo, y la iluminación, por ejemplo…». El hombre de gris asintió amablemente pero su mano seguía indicando una salida lateral, y Rice entendió que debía levantarse y acompañarlo sin hacerse rogar. «Hubiera preferido una taza de té», pensó mientras bajaba unos peldaños que daban a un pasillo lateral y se dejaba conducir entre distraído y molesto. Casi de golpe se encontró frente a un bastidor que representaba una biblioteca burguesa; dos hombres que parecían aburrirse lo saludaron como si su visita hubiera estado prevista e incluso descontada. «Desde luego usted se presta admirablemente», dijo el más alto de los dos. El otro hombre inclinó la cabeza, con un aire de mudo. «No tenemos mucho tiempo», dijo el hombre alto, «pero trataré de explicarle su papel en dos palabras». Hablaba mecánicamente, casi como si prescindiera de la presencia real de Rice y se limitara a cumplir una monótona consigna. «No entiendo», dijo Rice dando un paso atrás. «Casi es mejor», dijo el hombre alto. «En estos casos el análisis es más bien una desventaja; verá que apenas se acostumbre a los reflectores empezará a divertirse. Usted ya conoce el primer acto; ya sé, no le gustó. A nadie le gusta. Es a partir de ahora que la pieza puede ponerse mejor. Depende, claro». «Ojalá mejore», dijo Rice que creía haber entendido mal, «pero en todo caso ya es tiempo de que me vuelva a la sala». Como había dado otro paso atrás no lo sorprendió demasiado la blanda resistencia del hombre de gris, que murmuraba una excusa sin apartarse. «Parecería que no nos entendemos», dijo el hombre alto, «y es una lástima porque faltan apenas cuatro minutos para el segundo acto. Le ruego que me escuche atentamente. Usted es Howell, el marido de Eva. Ya ha visto que Eva engaña a Howell con Michael, y que probablemente Howell se ha dado cuenta aunque prefiere callar por razones que no están todavía claras. No se mueva, por favor, es simplemente una peluca». Pero la admonición parecía casi inútil porque el hombre de gris y el hombre mudo lo habían tomado de los brazos, y una muchacha alta y flaca que había aparecido bruscamente le estaba calzando algo tibio en la cabeza. «Ustedes no querrán que yo me ponga a gritar y arme un escándalo en el teatro», dijo Rice tratando de dominar el temblor de su voz. El hombre alto se encogió de hombros. «Usted no haría eso», dijo cansadamente. «Sería tan poco elegante… No, estoy seguro de que no haría eso. Además la peluca le queda perfectamente, usted tiene tipo de pelirrojo».

Sabiendo que no debía decir eso, Rice dijo: «Pero yo no soy un actor». Todos, hasta la muchacha, sonrieron alentándolo. «Precisamente», dijo el hombre alto. «Usted se da muy bien cuenta de la diferencia. Usted no es un actor, usted es Howell. Cuando salga a escena, Eva estará en el salón escribiendo una carta a Michael. Usted fingirá no darse cuenta de que ella esconde el papel y disimula su turbación. A partir de ese momento haga lo que quiera. Los anteojos, Ruth». «¿Lo que quiera?», dijo Rice, tratando sordamente de liberar sus brazos mientras Ruth le ajustaba unos anteojos con montura de carey. «Sí, de eso se trata», dijo desganadamente el hombre alto, y Rice tuvo como una sospecha de que estaba harto de repetir las mismas cosas cada noche. Se oía la campanilla llamando al público, y Rice alcanzó a distinguir los movimientos de los tramoyistas en el escenario, unos cambios de luces; Ruth había desaparecido de golpe. Lo invadió una indignación más amarga que violenta, que de alguna manera parecía fuera de lugar. «Esto es una farsa estúpida», dijo tratando de zafarse, «y les prevengo que…». «Lo lamento», murmuró el hombre alto. «Francamente hubiera pensado otra cosa de usted. Pero ya que lo toma así…». No era exactamente una amenaza, aunque los tres hombres lo rodeaban de una manera que exigía la obediencia o la lucha abierta; a Rice le pareció que una cosa hubiera sido tan absurda o quizá tan falsa como la otra. «Howell entra ahora», dijo el hombre alto, mostrando el estrecho pasaje entre los bastidores. «Una vez allí haga lo que quiera, pero nosotros lamentaríamos que…». Lo decía amablemente, sin turbar el repentino silencio de la sala; el telón se alzó con un frotar de terciopelo, y los envolvió una ráfaga de aire tibio. «Yo que usted lo pensaría, sin embargo», agregó cansadamente el hombre alto. «Vaya, ahora». Empujándolo sin empujarlo, los tres lo acompañaron hasta la mitad de los bastidores. Una luz violeta enceguecío a Rice; delante había una extensión que le pareció infinita, y a la izquierda adivinó la gran caverna, algo como una gigantesca respiración contenida, eso que después de todo era el verdadero mundo donde poco a poco empezaban a recortarse pecheras blancas y quizá sombreros o altos peinados. Dio un paso o dos, sintiendo que las piernas no le respondían, y estaba a punto de volverse y retroceder a la carrera cuando Eva, levantándose precipitadamente, se adelantó y le tendió una mano que parecía flotar en la luz violeta al término de un brazo muy blanco y largo. La mano estaba helada, y Rice tuvo la impresión de que se crispaba un poco en la suya. Dejándose llevar hasta el centro de la escena, escuchó confusamente las explicaciones de Eva sobre su dolor de cabeza, la preferencia por la penumbra y la tranquilidad de la biblioteca, esperando que callara para adelantarse al proscenio y decir, en dos palabras, que los estaban estafando. Pero Eva parecía esperar que él se sentara en el sofá de gusto tan dudoso como el argumento de la pieza y los decorados, y Rice comprendió que era imposible, casi grotesco, seguir de pie mientras ella, tendiéndole otra vez la mano, reiteraba la invitación con sonrisa cansada. Desde el sofá distinguió mejor las primeras filas de platea, apenas separadas de la escena por la luz que había ido virando del violeta a un naranja amarillento, pero curiosamente a Rice le fue más fácil volverse hacia Eva y sostener su mirada que de alguna manera lo ligaba todavía a esa insensatez, aplazando un instante más la única decisión posible a menos de acatar la locura y entregarse al simulacro. «Las tardes de este otoño son interminables», había dicho Eva buscando una caja de metal blanco perdida entre los libros y los papeles de la mesita baja, y ofreciéndole un cigarrillo. Mecánicamente Rice sacó su encendedor, sintiéndose cada vez más ridículo con la peluca y los anteojos; pero el menudo ritual de encender los cigarrillos y aspirar las primeras bocanadas era como una tregua, le permitía sentarse más cómodamente, aflojando la insoportable tensión del cuerpo que se sabía mirado por frías constelaciones invisibles. Oía sus respuestas a las frases de Eva, las palabras parecían suscitarse unas a otras con un mínimo esfuerzo, sin que se estuviera hablando de nada en concreto; un diálogo de castillo de naipes en el que Eva iba poniendo los muros del frágil edificio, y Rice sin esfuerzo intercalaba sus propias cartas y el castillo se alzaba bajo la luz anaranjada hasta que al terminar una prolija explicación que incluía el nombre de Michael («Ya ha visto que Eva engaña a Howell con Michael») y otros nombres y otros lugares, un té al que había asistido la madre de Michael (¿o era la madre de Eva?) y una justificación ansiosa y casi al borde de las lágrimas, con un movimiento de ansiosa esperanza Eva se inclinó hacia Rice como si quisiera abrazarlo o esperara que él la tomase en los brazos, y exactamente después de la última palabra dicha con una voz clarísima, junto a la oreja de Rice murmuró: «No dejes que me maten», y sin transición volvió a su voz profesional para quejarse de la soledad y del abandono. Golpeaban en la puerta del fondo y Eva se mordió los labios como si hubiera querido agregar algo más (pero eso se le ocurrió a Rice, demasiado confundido para reaccionar a tiempo), y se puso de pie para dar la bienvenida a Michael que llegaba con la fatua sonrisa que ya había enarbolado insoportablemente en el primer acto. Una dama vestida de rojo, un anciano; de pronto la escena se poblaba de gente que cambiaba saludos, flores y noticias. Rice estrechó las manos que le tendían y volvió a sentarse lo antes posible en el sofá, escudándose tras de otro cigarrillo; ahora la acción parecía prescindir de él y el público recibía con murmullos satisfechos una serie de brillantes juegos de palabras de Michael y de los actores de carácter, mientras Eva se ocupaba del té y daba instrucciones al criado. Quizá fuera el momento de acercarse a la boca del escenario, dejar caer el cigarrillo y aplastarlo con el pie, a tiempo para anunciar: «Respetable público...». Pero acaso fuera más elegante (*No dejes que me maten*) esperar la caída del telón y entonces, adelantándose rápidamente, revelar la superchería. En todo eso había como un lado ceremonial que no era penoso acatar; a la espera de su hora, Rice entró en el diálogo que le proponía el anciano caballero, aceptó la taza de té que Eva le ofrecía sin mirarlo de frente, como si se supiese observada por Michael y la dama de rojo. Todo estaba en resistir, en hacer frente a un tiempo interminablemente tenso, ser más fuerte que la torpe coalición que pretendía convertirlo en un pelele. Ya le resultaba fácil advertir cómo las frases que le dirigían (a veces Michael, a veces la dama de rojo, casi nunca Eva, ahora) llevaban implícita la respuesta; que el pelele contestara lo previsible, la pieza podía continuar. Rice pensó que de haber tenido un poco más de tiempo para dominar la situación, hubiera sido divertido contestar a contrapelo y poner en dificultades a los actores; pero no se lo consentirían, su falsa libertad de acción no permitía más que la rebelión desaforada, el escándalo. *No dejes que me maten*, había dicho Eva, de alguna manera, tan absurda como todo el resto, Rice seguía sintiendo que era mejor esperar. El telón cayó sobre una réplica sentenciosa y amarga de la dama de rojo, y los actores le parecieron a Rice como figuras que súbitamente bajaran un peldaño invisible: disminuidos, indiferentes (Michael se encogía de hombros, dando la espalda y yéndose por el foro), abandonaban la escena sin mirarse entre ellos, pero Rice notó que Eva giraba la cabeza hacia él mientras la dama de rojo y el anciano se la llevaban amablemente del brazo hacia los bastidores de la derecha. Pensó en seguirla, tuvo una vaga esperanza de camarín y conversación privada. «Magnífico», dijo el hombre alto, palmeándole el hombro. «Muy bien, realmente lo ha hecho usted muy bien». Señalaba hacia el telón que dejaba pasar los últimos aplausos. «Les ha gustado de veras. Vamos a tomar un trago». Los otros dos hombres estaban algo más lejos, sonriendo amablemente, y Rice desistió de seguir a Eva. El hombre alto abrió una puerta al final del primer pasillo y entraron en una sala pequeña donde había sillones desvencijados, un armario, una botella de whisky ya empezada y hermosísimos vasos de cristal tallado. «Lo ha hecho usted muy bien», insistió el hombre alto mientras se sentaban en torno a Rice. «Con un poco de hielo, ¿verdad? Desde luego, cualquiera tendría la garganta seca». El hombre de gris se adelantó a la negativa de Rice y le alcanzó un vaso casi lleno. «El tercer acto es más difícil pero a la vez más entretenido para Howell», dijo el hombre alto. «Ya ha visto cómo se van descubriendo los juegos». Empezó a explicar la trama, ágilmente y sin vacilar. «En cierto modo usted ha complicado las cosas», dijo. «Nunca me imaginé que procedería tan pasivamente con su mujer, yo hubiera reaccionado de otra manera». «¿Cómo?», preguntó secamente Rice. «Ah, querido amigo, no es justo preguntar eso. Mi opinión podría alterar sus propias decisiones, puesto que usted ha de tener ya un plan preconcebido. ¿O no?». Como Rice callaba, agregó: «Si le digo eso es precisamente porque no se trata de tener planes preconcebidos. Estamos todos demasiado satisfechos para arriesgarnos a malograr el resto». Rice bebió un largo trago de whisky. «Sin embargo, en el segundo acto usted me dijo que podía hacer lo que quisiera», observó. El hombre de gris se echó a reír, pero el hombre alto lo miró y el otro hizo un rápido gesto de excusa. «Hay un margen para la aventura o el azar, como usted quiera», dijo el hombre alto. «A partir de ahora le ruego que se atenga a lo que voy a indicarle, se entiende que dentro de la máxima libertad en los detalles». Abriendo la mano derecha con la palma hacia arriba, la miró fijamente mientras el índice de la otra mano iba a apoyarse en ella una y otra vez. Entre dos tragos (le habían llenado otra vez el vaso) Rice escuchó las instrucciones para John Howell. Sostenido por el alcohol y por algo que era como un lento volver hacia sí mismo que lo iba llenando de una fría cólera, descubrió sin esfuerzo el sentido de las instrucciones, la preparación de la trama que debía hacer crisis en el último acto. «Espero que esté claro», dijo el hombre alto, con un movimiento circular del dedo en la palma de la mano. «Está muy claro», dijo Rice levantándose, «pero además me gustaría saber si en el cuarto acto…». «Evitemos las confusiones, querido amigo», dijo el hombre alto. «En el próximo intervalo volveremos sobre el tema, pero ahora le sugiero que se concentre exclusivamente en el tercer acto. Ah, el traje de calle, por favor». Rice sintió que el hombre mudo le desabotonaba la chaqueta; el hombre de gris había sacado del armario un traje de tweed y unos guantes; mecánicamente Rice se cambió de ropa bajo las miradas aprobadoras de los tres. El hombre alto había abierto la puerta y esperaba; a lo lejos se oía la campanilla. «Esta maldita peluca me da calor», pensó Rice acabando el whisky de un solo trago. Casi enseguida se encontró entre nuevos bastidores, sin oponerse a la amable presión de una mano en el codo. «Todavía no», dijo el hombre alto, más atrás. «Recuerde que hace fresco en el parque. Quizá, si se subiera el cuello de la chaqueta... Vamos, es su entrada». Desde un banco al borde del sendero Michael se adelantó hacia él, saludándolo con una broma. Le tocaba responder pasivamente y discutir los méritos del otoño en Regent's Park, hasta la llegada de Eva y la dama de rojo que estarían dando de comer a los cisnes. Por primera vez —y a él lo sorprendió casi tanto como a los demás— Rice cargó el acento en una alusión que el público pareció apreciar y que obligó a Michael a ponerse a la defensiva, forzándolo a emplear los recursos más visibles del oficio para encontrar una salida; dándole bruscamente la espalda mientras encendía un cigarrillo, como si quisiera protegerse del viento, Rice miró por encima de los anteojos y vio a los tres hombres entre los bastidores, el brazo del hombre alto que le hacía un gesto conminatorio. Rió entre dientes (debía estar un poco borracho y además se divertía, el brazo agitándose le hacía una gracia extraordinaria) antes de volverse y apoyar una mano en el hombro de Michael. «Se ven cosas regocijantes en los parques», dijo Rice. «Realmente no entiendo que se pueda perder el tiempo con cisnes o amantes cuando se está en un parque londinense». El público rió más que Michael, excesivamente interesado por la llegada de Eva y la dama de rojo. Sin vacilar Rice siguió marchando contra la corriente, violando poco a poco las instrucciones en una esgrima feroz y absurda contra actores habilísimos que se esforzaban por hacerlo volver a su papel y a veces lo conseguían, pero él se les escapaba de nuevo para ayudar de alguna manera a Eva, sin saber bien por qué pero diciéndose (y le daba risa, y debía ser el whisky) que todo lo que cambiara en ese momento alteraría inevitablemente el último acto (*No dejes que me maten*). Y los otros se habían dado cuenta de su propósito porque bastaba mirar por sobre los anteojos hacia los bastidores de la izquierda para ver los gestos iracundos del hombre alto, fuera y dentro de la escena estaban luchando contra él y Eva, se interponían para que no pudieran comunicarse, para que ella no alcanzara a decirle nada, y ahora llegaba el caballero anciano seguido de un lúgubre chófer, había como un momento de calma (Rice recordaba las instrucciones: una pausa, luego la conversación sobre la compra de acciones, entonces la frase reveladora de la dama de rojo, y telón), y en ese intervalo en que obligadamente Michael y la dama de rojo debían apartarse para que el caballero hablara con Eva y Howell de la maniobra bursátil (realmente no faltaba nada en esa pieza), el placer de estropear un poco más la acción llenó a Rice de algo que se parecía a la felicidad. Con un gesto que dejaba bien claro el profundo desprecio que le inspiraban las especulaciones arriesgadas, tomó del brazo a Eva, sorteó la maniobra envolvente del enfurecido y sonriente caballero, y caminó con ella oyendo a sus espaldas un muro de palabras ingeniosas que no le concernían, exclusivamente inventadas para el público, y en cambio sí Eva, en cambio un aliento tibio apenas un segundo contra su mejilla, el leve murmullo de su voz verdadera diciendo: «Quédate conmigo hasta el final», quebrado por un movimiento instintivo, el hábito que la hacía responder a la interpelación de la dama de rojo, arrastrando a Howell para que recibiera en plena cara las palabras reveladoras. Sin pausa, sin el mínimo hueco que hubiera necesitado para poder cambiar el rumbo que esas palabras daban definitivamente a lo que habría de venir más tarde, Rice vio caer el telón. «Imbécil», dijo la dama de rojo. «Salga, Flora», ordenó el hombre alto, pegado a Rice que sonreía satisfecho. «Imbécil», repitió la dama de rojo, tomando del brazo a Eva que había agachado la cabeza y parecía como ausente. Un empujón mostró el camino a Rice que se sentía perfectamente feliz. «Imbécil», dijo a su vez el hombre alto. El tirón en la cabeza fue casi brutal, pero Rice se quitó él mismo los anteojos y los tendió al hombre alto. «El whisky no era malo», dijo. «Si quiere darme las instrucciones para el último acto…». Otro empellón estuvo a punto de tirarlo al suelo y cuando consiguió enderezarse, con una ligera náusea, ya estaba andando a tropezones por una galería mal iluminada; el hombre alto había desaparecido y los otros dos se estrechaban contra él, obligándolo a avanzar con la mera presión de los cuerpos. Había una puerta con una lamparilla naranja en lo alto. «Cámbiese», dijo el hombre de gris alcanzándole su traje. Casi sin darle tiempo de ponerse la chaqueta, abrieron la puerta de un puntapié; el empujón lo sacó trastabillando a la acera, al frío de un callejón que olía a basura. «Hijos de perra, me voy a pescar una pulmonía», pensó Rice, metiendo las manos en los bolsillos. Había luces en el extremo más alejado del callejón, desde donde venía el rumor del tráfico. En la primera esquina (no le habían quitado el dinero ni los papeles) Rice reconoció la entrada del teatro. Como nada impedía que asistiera desde su butaca al último acto, entró al calor del foyer, al humo y las charlas de la gente en el bar; le quedó tiempo para beber otro whisky, pero se sentía incapaz de pensar en nada. Un poco antes de que se alzara el telón alcanzó a preguntarse quién haría el papel de Howell en el último acto, y si algún otro pobre infeliz estaría pasando por amabilidades y amenazas y anteojos; pero la broma debía terminar cada noche de la misma manera porque enseguida reconoció al actor del primer acto, que leía una carta en su estudio y la alcanzaba en silencio a una Eva pálida y vestida de gris. «Es escandaloso», comentó Rice volviéndose hacia el espectador de la izquierda. «¿Cómo se tolera que cambien de actor en mitad de una pieza?» El espectador suspiró, fatigado. «Ya no se sabe con estos autores jóvenes», dijo. «Todo es símbolo, supongo». Rice se acomodó en la platea saboreando malignamente el murmullo de los espectadores que no parecían aceptar tan pasivamente como su vecino los cambios físicos de Howell; y sin embargo la ilusión teatral los dominó casi enseguida, el actor era excelente y la acción se precipitaba de una manera que sorprendió incluso a Rice, perdido en una agradable indiferencia. La carta era de Michael, que anunciaba su partida de Inglaterra; Eva la leyó y la devolvió en silencio; se sentía que estaba llorando contenidamente. *Quédate conmigo hasta el final*, había dicho Eva. *No dejes que me maten*, había dicho absurdamente Eva. Desde la seguridad de la platea era inconcebible que pudiera sucederle algo en ese escenario de pacotilla; todo había sido una continua estafa, una larga hora de pelucas y de árboles pintados. Desde luego la infaltable dama de rojo invadía la melancólica paz del estudio donde el perdón y quizá el amor de Howell se percibían en sus silencios, en su manera casi distraída de romper la carta y echarla al fuego. Parecía inevitable que la dama de rojo insinuara que la partida de Michael era una estratagema, y también que Howell le diera a entender un desprecio que no impediría una cortés invitación a tomar el té. A Rice lo divirtió vagamente la llegada del criado con la bandeja; el té parecía uno de los recursos mayores del comediógrafo, sobre todo ahora que la dama de rojo maniobraba en algún momento con una botellita de melodrama romántico mientras las luces iban bajando de una manera por completo inexplicable en el estudio de un abogado londinense. Hubo una llamada telefónica que Howell atendió con perfecta compostura (era previsible la caída de las acciones o cualquier otra crisis necesaria para el desenlace); las tazas pasaron de mano en mano con las sonrisas pertinentes, el buen tono previo a las catástrofes. A Rice le pareció casi inconveniente el gesto de Howell en el momento en que Eva acercaba los labios a la taza, su brusco movimiento y el té derramándose sobre el vestido gris. Eva estaba inmóvil, casi ridícula; en esa detención instantánea de las actitudes (Rice se había enderezado sin saber por qué, y alguien chistaba impaciente a sus espaldas), la exclamación escandalizada de la dama de rojo se superpuso al leve chasquido, a la mano de Howell que se alzaba para anunciar algo, a Eva que torcía la cabeza mirando al público como si no quisiera creer y después se deslizaba de lado hasta quedar casi tendida en el sofá, en una lenta reanudación del movimiento que Howell pareció recibir y continuar con su brusca carrera hacia los bastidores de la derecha, su fuga que Rice no vio porque él corría ya el pasillo central sin que ningún otro espectador se hubiera movido todavía. Bajando a saltos la escalera, tuvo el tino de entregar su talón en el guardarropa y recobrar el abrigo; cuando llegaba a la puerta oyó los primeros rumores del final de la pieza, aplausos y voces en la sala; alguien del teatro corría escaleras arriba. Huyó hacia Kean Street y al pasar junto al callejón lateral le pareció ver un bulto que avanzaba pegado a la pared; la puerta por donde lo habían expulsado estaba entornada, pero Rice no había terminado de registrar esas imágenes cuando ya corría por la calle iluminada y en vez de alejarse de la zona del teatro bajaba otra vez por Kingsway, previendo que a nadie se le ocurriría buscarlo cerca del teatro. Entró en el Strand (se había subido el cuello del abrigo y andaba rápidamente, con las manos en los bolsillos) hasta perderse con un alivio que él mismo no se explicaba en la vaga región de callejuelas internas que nacían en Chancery Lane. Apoyándose contra una pared (jadeaba un poco y sentía que el sudor le pegaba la camisa a la piel) encendió un cigarrillo y por primera vez se preguntó explícitamente, empleando todas las palabras necesarias, por qué estaba huyendo. Los pasos que se acercaban se interpusieron entre él y la respuesta que buscaba, mientras corría pensó que si lograba cruzar el río (ya estaba cerca del puente de Blackfriars) se sentiría a salvo. Se refugió en un portal, lejos del farol que alumbraba la salida hacia Watergate. Algo le quemó la boca; se arrancó de un tirón la colilla que había olvidado, y sintió que le desgarraba los labios. En el silencio que lo envolvía trató de repetirse las preguntas no contestadas, pero irónicamente se le interponía la idea de que sólo estaría a salvo si alcanzaba a cruzar el río. Era ilógico, los pasos también podrían seguirlo por el puente, por cualquier callejuela de la otra orilla; y sin embargo eligió el puente, corrió a favor de un viento que lo ayudó a dejar atrás el río y perderse en un laberinto que no conocía hasta llegar a una zona mal alumbrada; el tercer alto de la noche en un profundo y angosto callejón sin salida lo puso por fin frente a la única pregunta importante, y Rice comprendió que era incapaz de encontrar la respuesta. *No dejes que me maten*, había dicho Eva, y él había hecho lo posible, torpe y miserablemente, pero lo mismo la habían matado, por lo menos en la pieza la habían matado y él tenía que huir porque no podía ser que la pieza terminara así, que la taza de té se volcara inofensivamente sobre el vestido de Eva y sin embargo Eva resbalara hasta quedar tendida en el sofá; había ocurrido otra cosa sin que él estuviera allí para impedirlo, *quédate conmigo hasta el final*, le había suplicado Eva, pero lo habían echado del teatro, lo habían apartado de eso que tenía que suceder y que él, estúpidamente instalado en su platea, había contemplado sin comprender o comprendiéndolo desde otra región de sí mismo donde había miedo y fuga y ahora, pegajoso como el sudor que le corría por el vientre, el asco de sí mismo. «Pero yo no tengo nada que ver», pensó. «Y no ha ocurrido nada; no es posible que cosas así ocurran». Se lo repitió aplicadamente: no podía ser que hubieran venido a buscarlo, a proponerle esa insensatez, a amenazarlo amablemente; los pasos que se acercaban tenían que ser los de cualquier vagabundo, unos pasos sin huellas. El hombre pelirrojo que se detuvo junto a él casi sin mirarlo, y que se quitó los anteojos con un gesto convulsivo para volver a ponérselos después de frotarlos contra la solapa de la chaqueta, era sencillamente alguien que se parecía a Howell y había volcado la taza de té sobre el vestido de Eva «Tire esa peluca», dijo Rice, «lo reconocerán en cualquier parte». «No es una peluca», dijo Howell (se llamaría Smith o Rogers, ya ni recordaba el nombre en el programa). «Qué tonto soy», dijo Rice. Era de imaginar que habían tenido preparada una copia exacta de los cabellos de Howell, así como los anteojos habían sido una réplica de los de Howell. «Usted hizo lo que pudo», dijo Rice, «yo estaba en la platea y lo vi; todo el mundo podrá declarar a su favor». Howell temblaba, apoyado en la pared. «No es eso», dijo. «Qué importa, si lo mismo se salieron con la suya». Rice agachó la cabeza; un cansancio invencible lo agobiaba. «Yo también traté de salvarla», dijo, «pero no me dejaron seguir». Howell lo miró rencorosamente. «Siempre ocurre lo mismo», dijo hablándose a sí mismo. «Es típico de los aficionados, creen que pueden hacerlo mejor que los otros, y al final no sirve de nada». Se subió el cuello de la chaqueta, metió las manos en los bolsillos. Rice hubiera querido preguntarle: «¿Por qué ocurre siempre lo mismo? Y si es así, ¿por qué estamos huyendo?» El silbato pareció engolfarse en el callejón, buscándolos. Corrieron largo rato a la par, hasta detenerse en algún rincón que olía a petróleo, a río estancado. Detrás de una pila de fardos descansaron un momento; Howell jadeaba como un perro y a Rice se le acalambraba una pantorrilla. Se la frotó, apoyándose en los fardos, manteniéndose con dificultad sobre un solo pie. «Pero quizá no sea tan grave», murmuró. «Usted dijo que siempre ocurría lo mismo». Howell le puso una mano en la boca; se oían alternadamente dos silbatos. «Cada uno por su lado», dijo Howell. «Tal vez uno de los dos pueda escapar». Rice comprendió que tenía razón pero hubiera querido que Howell le contestara primero. Lo tomó de un brazo, atrayéndolo con toda su fuerza. «No me deje ir así», suplicó. «No puedo seguir huyendo siempre, sin saber». Sintió el olor alquitranado de los fardos, su mano como hueca en el aire. Unos pasos corrían alejándose; Rice se agachó, tomando impulso, y partió en la dirección contraria. A la luz de un farol vio un nombre cualquiera: Rose Alley. Más allá estaba el río, algún puente. No faltaban puentes ni calles por donde correr.

Todos los fuegos el fuego

Así será algún día su estatua, piensa irónicamente el procónsul mientras alza el brazo, lo fija en el gesto del saludo, se deja petrificar por la ovación de un público que dos horas de circo y de calor no han fatigado. Es el momento de la sorpresa prometida, el procónsul baja el brazo, mira a su mujer que le devuelve la sonrisa inexpresiva de las fiestas. Irene no sabe lo que va a seguir y a la vez es como si lo supiera, hasta lo inesperado acaba en costumbre cuando se ha aprendido a soportar, con la indiferencia que detesta el procónsul, los caprichos del amo. Sin volverse siquiera hacia la arena prevé una suerte ya echada, una sucesión cruel y monótona. Licas el viñatero y su mujer Urania son los primeros en gritar un nombre que la muchedumbre recoge y repite. «Te reservaba esta sorpresa», dice el procónsul. «Me han asegurado que aprecias el estilo de ese gladiador». Centinela de su sonrisa, Irene inclina la cabeza para agradecer. «Puesto que nos haces el honor de acompañarnos aunque te hastían los juegos», agrega el procónsul, «es justo que procure ofrecerte lo que más te agrada». «¡Eres la sal del mundo!», grita Licas. «¡Haces bajar la sombra misma de Marte a nuestra pobre arena de provincia!». «No has visto más que la mitad», dice el procónsul, mojándose los labios en una copa de vino y ofreciéndola a su mujer. Irene bebe un largo sorbo, que parece llevarse con su leve perfume el olor espeso y persistente de la sangre y el estiércol. En un brusco silencio de expectativa que lo recorta con una precisión implacable, Marco avanza hacia el centro de la arena; su corta espada brilla al sol, allí donde el viejo velario deja pasar un rayo oblicuo, y el escudo de bronce cuelga negligente de la mano izquierda. «¿No irás a enfrentarlo con el vencedor de Smirnio?», pregunta excitadamente Licas. «Mejor que eso», dice el procónsul. «Quisiera que tu provincia me recuerde por estos juegos, y que mi mujer deje por una vez de aburrirse». Urania y Licas aplauden esperando la respuesta de Irene, pero ella devuelve en silencio la copa al esclavo, ajena al clamor que saluda la llegada del segundo gladiador. Inmóvil, Marco parece también indiferente a la ovación que recibe su adversario; con la punta de la espada toca ligeramente sus grebas doradas.

«Hola», dice Roland Renoir, eligiendo un cigarrillo como una continuación ineludible del gesto de descolgar el receptor. En la línea hay una crepitación de comunicaciones mezcladas, alguien que dicta cifras, de golpe un silencio todavía más oscuro en esa oscuridad que el teléfono vuelca en el ojo del oído. «Hola», repite Roland, apoyando el cigarrillo en el borde del cenicero y buscando los fósforos en el bolsillo de la bata. «Soy yo», dice la voz de Jeanne. Roland entorna los ojos, fatigado, y se estira en una posición más cómoda. «Soy yo», repite inútilmente Jeanne. Como Roland no contesta, agrega: «Sonia acaba de irse».

Su obligación es mirar el palco imperial, hacer el saludo de siempre. Sabe que debe hacerlo y que verá a la mujer del procónsul y al procónsul, y que quizá la mujer le sonreirá como en los últimos juegos. No necesita pensar, no sabe casi pensar, pero el instinto le dice que esa arena es mala, el enorme ojo de bronce donde los rastrillos y las hojas de palma han dibujado sus curvos senderos ensombrecidos por algún rastro de las luchas precedentes. Esa noche ha soñado con un pez, ha soñado en un camino solitario entre columnas rotas; mientras se armaba, alguien ha murmurado que el procónsul no le pagará con monedas de oro. Marco no se ha molestado en preguntar, y el otro se ha echado a reír malvadamente antes de alejarse sin darle la espalda; un tercero, después, le ha dicho que es un hermano del gladiador muerto por él en Massilia, pero ya lo empujaban hacia la galería, hacia los clamores de fuera. El calor es insoportable, le pesa el yelmo que devuelve los rayos del sol contra el velario y las gradas. Una vez, columnas rotas; sueños sin un sentido claro, con pozos de olvido en los momentos en que hubiera podido entender. Y el que lo armaba ha dicho que el procónsul no le pagará con monedas de oro; quizá la mujer del procónsul no le sonría esta tarde. Los clamores le dejan indiferente porque ahora están aplaudiendo al otro, lo aplauden menos que a él un momento antes, pero entre los aplausos se filtran gritos de asombro, y Marco levanta la cabeza, mira hacia el palco donde Irene se ha vuelto para hablar con Urania, donde el procónsul negligentemente hace una seña, y todo su cuerpo se contrae y su mano se aprieta en el puño de la espada. Le ha bastado volver los ojos hacia la galería opuesta; no es por allí que asoma su rival, se han alzado crujiendo las rejas del oscuro pasaje por donde se hace salir a las fieras, y Marco ve dibujarse la gigantesca silueta del reciario nubio, hasta entonces visible contra el fondo de piedra mohosa; ahora sí, más acá de toda razón, sabe que el procónsul no le pagará con monedas de oro, adivina el sentido del pez y las columnas rotas. Y a la vez poco le importa lo que va a suceder entre el reciario y él, eso es el oficio y los hados, pero su cuerpo sigue contraído como si tuviera miedo, algo en su carne se pregunta por qué el reciario ha salido por la galería de las fieras, y también se lo pregunta entre ovaciones el público, y Licas lo pregunta al procónsul que sonríe para apoyar sin palabras la sorpresa, y Licas protesta riendo y se cree obligado a apostar a favor de Marco; antes de oír las palabras que seguirán, Irene sabe que el procónsul doblará la apuesta a favor del nubio, y que después la mirará amablemente y ordenará que le sirvan vino helado. Y ella beberá el vino y comentará con Urania la estatura y la ferocidad del reciario nubio; cada movimiento está previsto aunque se lo ignore en sí mismo, aunque puedan faltar la copa de vino o el gesto de la boca de Urania mientras admira el torso del gigante. Entonces Licas, experto en incontables fastos de circo, les hará notar que el yelmo del nubio ha rozado las púas de la reja de las fieras, alzadas a dos metros del suelo, y alabará la soltura con que ordena sobre el brazo izquierdo las escamas de la red. Como siempre, como desde una ya lejana noche nupcial, Irene se repliega al límite más hondo de sí misma mientras por fuera condesciende y sonríe y hasta goza; en esa profundidad libre y estéril siente el signo de muerte que el procónsul ha disimulado en una alegre sorpresa pública, el signo que sólo ella y quizá Marco pueden comprender, pero Marco no comprenderá, torvo y silencioso y máquina, y su cuerpo que ella ha deseado en otra tarde de circo (y eso lo ha adivinado el procónsul, sin necesidad de sus magos lo ha adivinado como siempre, desde el primer instante) va a pagar el precio de la mera imaginación, de una doble mirada inútil sobre el cadáver de un tracio diestramente muerto de un tajo en la garganta.

Antes de marcar el número de Roland, la mano de Jeanne ha andado por las páginas de una revista de modas, un tubo de pastillas calmantes, el lomo del gato ovillado en el sofá.

Después la voz de Roland ha dicho: «Hola», su voz un poco adormilada, y bruscamente Jeanne ha tenido una sensación de ridículo, de que va a decirle a Roland eso que exactamente la incorporará a la galería de las plañideras telefónicas con el único, irónico espectador fumando en un silencio condescendiente. «Soy yo», dice Jeanne, pero se lo ha dicho más a ella misma que a ese silencio opuesto en el que bailan, como en un telón de fondo, algunas chispas de sonido. Mira su mano que ha acariciado distraídamente al gato antes de marcar las cifras (¿y no se oyen otras cifras en el teléfono, no hay una voz distante que dicta números a alguien que no habla, que sólo está allí para copiar obediente?), negándose a creer que la mano que ha alzado y vuelto a dejar el tubo de pastillas es su mano, que la voz que acaba de repetir: «Soy yo», es su voz, al borde del límite. Por dignidad, callar, lentamente devolver el receptor a su horquilla, quedarse limpiamente sola. «Sonia acaba de irse», dice Jeanne, y el límite está franqueado, el ridículo empieza, el pequeño infierno confortable.

«Ah», dice Roland, frotando un fósforo. Jeanne oye distintamente el frote, es como si viera el rostro de Roland mientras aspira el humo, echándose un poco atrás con los ojos entornados. Un río de escamas brillantes parece saltar de las manos del gigante negro y Marco tiene el tiempo preciso para hurtar el cuerpo a la red. Otras veces —el procónsul lo sabe, y vuelve la cabeza para que solamente Irene lo vea sonreír— ha aprovechado de ese mínimo instante que es el punto débil de todo reciario para bloquear con el escudo la amenaza del largo tridente y tirarse a fondo, con un movimiento fulgurante, hacia el pecho descubierto. Pero Marco se mantiene fuera de distancia, encorvadas las piernas como a punto de saltar, mientras el nubio recoge velozmente la red y prepara el nuevo ataque. «Está perdido», piensa Irene sin mirar al procónsul que elige unos dulces de la bandeja que le ofrece Urania. «No es el que era», piensa Licas lamentando su apuesta. Marco se ha encorvado un poco, siguiendo el movimiento giratorio del nubio; es el único que aún no sabe lo que todos presienten, es apenas algo que agazapado espera otra ocasión, con el vago desconcierto de no haber hecho lo que la ciencia le mandaba. Necesitaría más tiempo, las horas tabernarias que siguen a los triunfos, para entender quizá la razón de que el procónsul no vaya a pagarle con monedas de oro. Hosco, espera otro momento propicio; acaso al final, con un pie sobre el cadáver del reciario, pueda encontrar otra vez la sonrisa de la mujer del procónsul; pero eso no lo está pensando él, y quien lo piensa no cree ya que el pie de Marco se hinque en el pecho de un nubio degollado.

«Decídete», dice Roland, «a menos que quieras tenerme toda la tarde escuchando a ese tipo que le dicta números a no sé quién. ¿Lo oyes?». «Sí», dice Jeanne, «se lo oye como desde muy lejos. Trescientos cincuenta y cuatro, doscientos cuarenta y dos». Por un momento no hay más que la voz distante y monótona. «En todo caso», dice Roland, «está utilizando el teléfono para algo práctico». La respuesta podría ser la previsible, la primera queja, pero Jeanne calla todavía unos segundos y repite: «Sonia acaba de irse». Vacila antes de agregar: «Probablemente estará llegando a tu casa». A Roland le sorprendería eso, Sonia no tenía por qué ir a su casa. «No mientas», dice Jeanne, y el gato huye de su mano, la mira ofendido. «No era una mentira», dice Roland. «Me refería a la hora, no al hecho de venir o no venir. Sonia sabe que me molestan las visitas y las llamadas a esta hora». Ochocientos cinco, dicta desde lejos la voz. Cuatrocientos dieciséis. Treinta y dos. Jeanne ha cerrado los ojos, esperando la primera pausa en esa voz anónima para decir lo único que queda por decir. Si Roland corta la comunicación le restará todavía esa voz en el fondo de la línea, podrá conservar el receptor en el oído, resbalando más y más en el sofá, acariciando al gato que ha vuelto a tenderse contra ella, jugando con el tubo de pastillas, escuchando las cifras hasta que también la otra voz se canse y ya no quede nada, absolutamente nada como no sea el receptor que empezará a pesar espantosamente entre sus dedos, una cosa muerta que habrá que rechazar sin mirarla. Ciento cuarenta y cinco, dice la voz. Y todavía más lejos, como un diminuto dibujo a lápiz, alguien que podría ser una mujer tímida pregunta entre dos chasquidos: «¿La estación del Norte?».

Por segunda vez alcanza a zafarse de la red, pero ha medido mal el salto hacia atrás y resbala en una mancha húmeda de la arena. Con un esfuerzo que levanta en vilo al público, Marco rechaza la red con un molinete de la espada mientras tiende el brazo izquierdo y recibe en el escudo el golpe resonante del tridente. El procónsul desdeña los excitados comentarios de Licas y vuelve la cabeza hacia Irene que no se ha movido. «Ahora o nunca», dice el procónsul. «Nunca», contesta Irene. «No es el que era», repite Licas, «y le va a costar caro, el nubio no le dará otra oportunidad, basta mirarlo». A distancia, casi inmóvil, Marco parece haberse dado cuenta del error; con el escudo en alto mira fijamente la red ya recogida, el tridente que oscila hipnóticamente a dos metros de sus ojos. «Tienes razón, no es el mismo», dice el procónsul. «¿Habías apostado por él, Irene?» Agazapado, pronto a saltar, Marco siente en la piel, en lo hondo del estómago, que la muchedumbre lo abandona. Si tuviera un momento de calma podría romper el nudo que lo paraliza, la cadena invisible que empieza muy atrás pero sin que él pueda saber dónde, y que en algún momento es la solicitud del procónsul, la promesa de una paga extraordinaria y también un sueño donde hay un pez y sentirse ahora, cuando ya no hay tiempo para nada, la imagen misma del sueño frente a la red que baila ante los ojos y parece atrapar cada rayo de sol que se filtra por las desgarraduras del velario. Todo es cadena, trampa; enderezándose con una violencia amenazante que el público aplaude mientras el reciario retrocede un paso por primera vez, Marco elige el único camino, la confusión y el sudor y el olor a sangre, la muerte frente a él que hay que aplastar; alguien lo piensa por él detrás de la máscara sonriente, alguien que lo ha deseado por sobre el cuerpo de un tracio agonizante. «El veneno», se dice Irene, «alguna vez encontraré el veneno, pero ahora acéptale la copa de vino, sé la más fuerte, espera tu hora». La pausa parece prolongarse como se prolonga la insidiosa galería negra donde vuelve intermitente la voz lejana que repite cifras. Jeanne ha creído siempre que los mensajes que verdaderamente cuentan están en algún momento más acá de toda palabra; quizá esas cifras digan más, sean más que cualquier discurso para el que las está escuchando atentamente, como para ella el perfume de Sonia, el roce de la palma de su mano en el hombro antes de marcharse han sido tanto más que las palabras de Sonia. Pero era natural que Sonia no se conformara con un mensaje cifrado, que quisiera decirlo con todas las letras, saboreándolo hasta lo último. «Comprendo que para ti será muy duro», ha repetido Sonia, «pero detesto el disimulo y prefiero decirte la verdad». Quinientos cuarenta y seis, seiscientos sesenta y dos, doscientos ochenta y nueve.

«No me importa si va a tu casa o no», dice Jeanne, «ahora ya no me importa nada». En vez de otra cifra hay un largo silencio. «¿Estás ahí?», pregunta Jeanne. «Sí», dice Roland dejando la colilla en el cenicero y buscando sin apuro el frasco de coñac. «Lo que no puedo entender...», empieza Jeanne. «Por favor», dice Roland, «en estos casos nadie entiende gran cosa, querida, y además no se gana nada con entender. Lamento que Sonia se haya precipitado, no era a ella a quien le tocaba decírtelo. Maldita sea, ¿no va a terminar nunca con esos números?» La voz menuda, que hace pensar en un organizado mundo de hormigas, continúa su dictado minucioso por debajo de un silencio más cercano y más espeso. «Pero tú», dice absurdamente Jeanne, «entonces, tú...».

Roland bebe un trago de coñac. Siempre le ha gustado escoger sus palabras, evitar los diálogos superfluos. Jeanne repetirá dos, tres veces cada frase, acentuándolas de una manera diferente; que hable, que repita mientras él prepara el mínimo de respuestas sensatas que pongan orden en ese arrebato lamentable. Respirando con fuerza se endereza después de una finta y un avance lateral; algo le dice que esta vez el nubio va a cambiar el orden del ataque, que el tridente se adelantará al tiro de la red. «Fíjate bien», explica Licas a su mujer, «se lo he visto hacer en Apta Iulia, siempre los desconcierta». Mal defendido, desafiando el riesgo de entrar en el campo de la red, Marco se tira hacia adelante y sólo entonces alza el escudo para protegerse del río brillante que escapa como un rayo de la mano del nubio. Ataja el borde de la red pero el tridente golpea hacia abajo y la sangre salta del muslo de Marco, mientras la espada demasiado corta resuena inútilmente contra el asta. «Te lo había dicho», grita Licas. El procónsul mira atentamente el muslo lacerado, la sangre que se pierde en la greba dorada; piensa casi con lástima que a Irene le hubiera gustado acariciar ese muslo, buscar su presión y su calor, gimiendo como sabe gemir cuando él la estrecha para hacerle daño. Se lo dirá esa misma noche y será interesante estudiar el rostro de Irene buscando el punto débil de su máscara perfecta, que fingirá indiferencia hasta el final como ahora finge un interés civil en la lucha que hace aullar de entusiasmo a una plebe bruscamente excitada por la inminencia del fin. «La suerte lo ha abandonado», dice el procónsul a Irene. «Casi me siento culpable de haberlo traído a esta arena de provincia; algo de él se ha quedado en Roma, bien se ve». «Y el resto se quedará aquí, con el dinero que le aposté», ríe Licas. «Por favor, no te pongas así», dice Roland, «es absurdo seguir hablando por teléfono cuando podemos vernos esta misma noche. Te lo repito, Sonia se ha precipitado, yo quería evitarte ese golpe». La hormiga ha cesado de dictar sus números y las palabras de Jeanne se escuchan distintamente; no hay lágrimas en su voz y eso sorprende a Roland, que ha preparado sus frases previendo una avalancha de reproches. «¿Evitarme el golpe?», dice Jeanne. «Mintiendo, claro, engañándome una vez más». Roland suspira, desecha las respuestas que podrían alargar hasta el bostezo un diálogo tedioso. «Lo siento, pero si sigues así prefiero cortar», dice, y por primera vez hay un tono de afabilidad en su voz. «Mejor será que vaya a verte mañana, al fin y al cabo somos gente civilizada, qué diablos». Desde muy lejos la hormiga dicta: ochocientos ochenta y ocho. «No vengas», dice Jeanne, y es divertido oír las palabras mezclándose con las cifras, no ochocientos vengas ochenta y ocho, «no vengas nunca más, Roland». El drama, las probables amenazas de suicidio, el aburrimiento como cuando Marie Josée, como cuando todas las que lo toman a lo trágico. «No seas tonta», aconseja Roland, «mañana comprenderás mejor, es preferible para los dos». Jeanne calla, la hormiga dicta cifras redondas: cien, cuatrocientos, mil. «Bueno, hasta mañana», dice Roland admirando el vestido de calle de Sonia, que acaba de abrir la puerta y se ha detenido con un aire entre interrogativo y burlón. «No perdió tiempo en llamarte», dice Sonia dejando el bolso y una revista. «Hasta mañana, Jeanne», repite Roland. El silencio en la línea parece tenderse como un arco, hasta que lo corta secamente una cifra distante, novecientos cuatro. «¡Basta de dictar esos números idiotas!», grita Roland con todas sus fuerzas, y antes de alejar el receptor del oído alcanza a escuchar el clic en el otro extremo, el arco que suelta su flecha inofensiva. Paralizado, sabiéndose incapaz de evitar la red que no tardará en envolverlo, Marco hace frente al gigante nubio, la espada demasiado corta inmóvil en el extremo del brazo tendido. El nubio afloja la red una, dos veces, la recoge buscando la posición más favorable, la hace girar todavía como si quisiera prolongar los alaridos del público que lo incita a acabar con su rival, y baja el tridente mientras se echa de lado para dar más impulso al tiro. Marco va al encuentro de la red con el escudo en alto, y es una torre que se desmorona contra una masa negra, la espada se hunde en algo que más arriba aúlla; la arena le entra en la boca y en los ojos, la red cae inútilmente sobre el pez que se ahoga.

Acepta indiferente las caricias, incapaz de sentir que la mano de Jeanne tiembla un poco y empieza a enfriarse. Cuando los dedos resbalan por su piel y se detienen, hincándose en una crispación instantánea, el gato se queja petulante; después se tumba de espaldas y mueve las patas en la actitud de expectativa que hace reír siempre a Jeanne, pero ahora no, su mano sigue inmóvil junto al gato y apenas si un dedo busca todavía el calor de su piel, la recorre brevemente antes de detenerse otra vez entre el flanco tibio y el tubo de pastillas que ha rodado hasta ahí. Alcanzado en pleno estómago el nubio aúlla, echándose hacia atrás, y en ese último instante en que el dolor es como una llama de odio, toda la fuerza que huye de su cuerpo se agolpa en el brazo para hundir el tridente en la espalda de su rival boca abajo. Cae sobre el cuerpo de Marco, y las convulsiones lo hacen rodar de lado; Marco mueve lentamente un brazo, clavado en la arena como un enorme insecto brillante.

«No es frecuente», dice el procónsul volviéndose hacia Irene, «que dos gladiadores de ese mérito se maten mutuamente. Podemos felicitarnos de haber visto un raro espectáculo. Esta noche se lo escribiré a mi hermano para consolarlo de su tedioso matrimonio».

Irene ve moverse el brazo de Marco, un lento movimiento inútil como si quisiera arrancarse el tridente hundido en los riñones. Imagina al procónsul desnudo en la arena, con el mismo tridente clavado hasta el asta. Pero el procónsul no movería el brazo con esa dignidad última; chillaría pataleando como una liebre, pediría perdón a un público indignado. Aceptando la mano que le tiende su marido para ayudarla a levantarse, asiente una vez más; el brazo ha dejado de moverse, lo único que queda por hacer es sonreír, refugiarse en la inteligencia. Al gato no parece gustarle la inmovilidad de Jeanne, sigue tumbado de espaldas esperando una caricia; después, como si le molestara ese dedo contra la piel del flanco, maúlla destempladamente y da media vuelta para alejarse, ya olvidado y soñoliento.

«Perdóname por venir a esta hora», dice Sonia. «Vi tu auto en la puerta, era demasiada tentación. Te llamó, ¿verdad?». Roland busca un cigarrillo. «Hiciste mal», dice. «Se supone que esa tarea les toca a los hombres, al fin y al cabo he estado más de dos años con Jeanne y es una buena muchacha». «Ah, pero el placer», dice Sonia sirviéndose coñac. «Nunca le he podido perdonar que fuera tan inocente, no hay nada que me exaspere más. Si te digo que empezó por reírse, convencida de que le estaba haciendo una broma». Roland mira el teléfono, piensa en la hormiga. Ahora Jeanne llamará otra vez, y será incómodo porque Sonia se ha sentado junto a él y le acaricia el pelo mientras hojea una revista literaria como si buscara ilustraciones. «Hiciste mal», repite Roland atrayendo a Sonia. «¿En venir a esta hora?», ríe Sonia cediendo a las manos que buscan torpemente el primer cierre. El velo morado cubre los hombros de Irene que da la espalda al público, a la espera de que el procónsul salude por última vez. En las ovaciones se mezcla ya un rumor de multitud en movimiento, la carrera precipitada de los que buscan adelantarse a la salida y ganar las galerías inferiores. Irene sabe que los esclavos estarán arrastrando los cadáveres, y no se vuelve; le agrada pensar que el procónsul ha aceptado la invitación de Licas a cenar en su villa a orillas del lago, donde el aire de la noche la ayudará a olvidar el olor a la plebe, los últimos gritos, un brazo moviéndose lentamente como si acariciara la tierra. No le es difícil olvidar, aunque el procónsul la hostigue con la minuciosa evocación de tanto pasado que lo inquieta; un día Irene encontrará la manera de que también él olvide para siempre, y que la gente lo crea simplemente muerto. «Verás lo que ha inventado nuestro cocinero», está diciendo la mujer de Licas. «Le ha devuelto el apetito a mi marido, y de noche…». Licas ríe y saluda a sus amigos, esperando que el procónsul abra la marcha hacia la galería después de un último saludo que se hace esperar como si lo complaciera seguir mirando la arena donde enganchan y arrastran los cadáveres. «Soy tan feliz», dice Sonia apoyando la mejilla en el pecho de Roland adormilado. «No lo digas», murmura Roland, «uno siempre piensa que es una amabilidad». «¿No me crees?», ríe Sonia. «Sí, pero no lo digas ahora. Fumemos». Tantea en la mesa baja hasta encontrar cigarrillos, pone uno en los labios de Sonia, acerca el suyo, los enciende al mismo tiempo. Se miran apenas, soñolientos, y Roland agita el fósforo y lo posa en la mesa donde en alguna parte hay un cenicero. Sonia es la primera en adormecerse y él le quita muy despacio el cigarrillo de la boca, lo junta con el suyo y los abandona en la mesa, resbalando contra Sonia en un sueño pesado y sin imágenes. El pañuelo de gasa arde sin llama al borde del cenicero, chamuscándose lentamente, cae sobre la alfombra junto al montón de ropas y una copa de coñac. Parte del público vocifera y se amontona en las gradas inferiores; el procónsul ha saludado una vez más y hace una seña a su guardia para que le abran paso. Licas, el primero en comprender, le muestra el lienzo más distante del viejo velario que empieza a desgarrarse mientras una lluvia de chispas cae sobre el público que busca confusamente las salidas. Gritando una orden, el procónsul empuja a Irene siempre de espaldas e inmóvil. «¡Pronto, antes de que se amontonen en la galería baja!», grita Licas precipitándose delante de su mujer. Irene es la primera que huele el aceite hirviendo, el incendio de los depósitos subterráneos; atrás, el velario cae sobre las espaldas de los que pugnan por abrirse paso en una masa de cuerpos confundidos que obstruyen las galerías demasiado estrechas. Los hay que saltan a la arena por centenares, buscando otras salidas, pero el humo del aceite borra las imágenes, un jirón de tela flota en el extremo de las llamas y cae sobre el procónsul antes de que pueda guarecerse en el pasaje que lleva a la galería imperial. Irene se vuelve al oír su grito, le arranca la tela chamuscada tomándola con dos dedos, delicadamente. «No podremos salir», dice, «están amontonados ahí abajo como animales». Entonces Sonia grita, queriendo desatarse del abrazo ardiente que la envuelve desde el sueño, y su primer alarido se confunde con el de Roland que inútilmente quiere enderezarse, ahogado por el humo negro. Todavía gritan, cada vez más débilmente, cuando el carro de bomberos entra a toda máquina por la calle atestada de curiosos. «Es en el décimo piso», dice el teniente. «Va a ser duro, hay viento del norte. Vamos».

El otro cielo

Ces yeux ne t'appartiennent pas... où les as-tu pris?

.............., IV, 5.

Me ocurría a veces que todo se dejaba andar, se ablandaba y cedía terreno, aceptando sin resistencia que se pudiera ir así de una cosa a otra. Digo que me ocurría, aunque una estúpida esperanza quisiera creer que acaso ha de ocurrirme todavía. Y por eso, si echarse a caminar una y otra vez por la ciudad parece un escándalo cuando se tiene una familia y un trabajo, hay ratos en que vuelvo a decirme que ya sería tiempo de retornar a mi barrio preferido, olvidarme de mis ocupaciones (soy corredor de Bolsa) y con un poco de suerte encontrar a Josiane y quedarme con ella hasta la mañana siguiente.

Quién sabe cuánto hace que me repito todo esto, y es penoso porque hubo una época en que las cosas me sucedían cuando menos pensaba en ellas, empujando apenas con el hombro cualquier rincón del aire. En todo caso bastaba ingresar en la deriva placentera del ciudadano que se deja llevar por sus preferencias callejeras, y casi siempre mi paseo terminaba en el barrio de las galerías cubiertas, quizá porque los pasajes y las galerías han sido mi patria secreta desde siempre. Aquí, por ejemplo, el Pasaje Güemes, territorio ambiguo donde ya hace tanto tiempo fui a quitarme la infancia como un traje usado. Hacia el año veintiocho, el Pasaje Güemes era la caverna del tesoro en que deliciosamente se mezclaban la entrevisión del pecado y de las pastillas de menta, donde se voceaban las ediciones vespertinas con crímenes a toda página y ardían las luces de la sala del subsuelo donde pasaban inalcanzables películas realistas. Las Josiane de aquellos días debían mirarme con un gesto entre maternal y divertido, yo con unos miserables centavos en el bolsillo pero andando como un hombre, el chambergo requintado y las manos en los bolsillos, fumando un *Commander* precisamente porque mi padrastro me había profetizado que acabaría ciego por culpa del tabaco rubio. Recuerdo sobre todo olores y sonidos, algo como una expectativa y una ansiedad, el kiosco donde se podían comprar revistas con mujeres desnudas y anuncios de falsas manicuras, y ya entonces era sensible a ese falso cielo de estucos y claraboyas sucias, a esa noche artificial que ignoraba la estupidez del día y del sol ahí afuera. Me asomaba con falsa indiferencia a las puertas del pasaje donde empezaba el último misterio, los vagos ascensores que llevarían a los consultorios de enfermedades venéreas y también a los presuntos paraísos en lo más alto, con mujeres de la vida y amorales, como les llamaban en los diarios, con bebidas preferentemente verdes en copas biseladas, con batas de seda y kimonos violeta, y los departamentos tendrían el mismo perfume que salía de las tiendas que yo creía elegantes y que chisporroteaban sobre la penumbra del pasaje un bazar inalcanzable de frascos y cajas de cristal y cisnes rosa y polvos rachel y cepillos con mangos transparentes.

Todavía hoy me cuesta cruzar el Pasaje Güemes sin enternecerme irónicamente con el recuerdo de la adolescencia al borde de la caída; la antigua fascinación perdura siempre, y por eso me gustaba echar a andar sin rumbo fijo, sabiendo que en cualquier momento entraría en la zona de las galerías cubiertas, donde cualquier sórdida botica polvorienta me atraía más que los escaparates tendidos a la insolencia de las calles abiertas. La Galerie Vivienne, por ejemplo, o el Passage des Panoramas con sus ramificaciones, sus cortadas que rematan en una librería de viejo o una inexplicable agencia de viajes donde quizá nadie compró nunca un billete de ferrocarril, ese mundo que ha optado por un cielo más próximo, de vidrios sucios y estucos con figuras alegóricas que tienden las manos para ofrecer una guirnalda, esa Galerie Vivienne a un paso de la ignominia diurna de la rue Réaumur y de la Bolsa (yo trabajo en la Bolsa), cuánto ese barrio ha sido mío desde siempre, desde mucho antes de sospecharlo ya era mío cuando apostado en un rincón del Pasaje Güemes, contando mis pocas monedas de estudiante, debatía el problema de gastarlas en un bar automático o comprar una novela y un surtido de caramelos ácidos en su bolsa de papel transparente, con un cigarrillo que me nublaba los ojos y en el fondo del bolsillo, donde los dedos lo rozaban a veces, el sobrecito del preservativo comprado con falsa desenvoltura en una farmacia atendida solamente por hombres, y que no tendría la menor oportunidad de utilizar con tan poco dinero y tanta infancia en la cara.

Mi novia, Irma, encuentra inexplicable que me guste vagar de noche por el centro o por los barrios del sur, y si supiera de mi predilección por el Pasaje Güemes no dejaría de escandalizarse. Para ella, como para mi madre, no hay mejor actividad social que el sofá de la sala donde ocurre eso que llaman la conversación, el café y el anisado. Irma es la más buena y generosa de las mujeres, jamás se me ocurriría hablarle de lo que verdaderamente cuenta para mí, y en esa forma llegaré alguna vez a ser un buen marido y un padre cuyos hijos serán de paso los tan anhelados nietos de mi madre. Supongo que por cosas así acabé conociendo a Josiane, pero no solamente por eso ya que podría habérmela encontrado en el boulevard Poissonière o en la rue Notre-Dame-des-Victoires, y en cambio nos miramos por primera vez en lo más hondo de la Galerie Vivienne, bajo las figuras de yeso que el pico de gas llenaba de temblores (las guirnaldas iban y venían entre los dedos de las Musas polvorientas), y no tardé en saber que Josiane trabajaba en ese barrio y que no costaba mucho dar con ella si se era familiar de los cafés o amigo de los cocheros. Pudo ser coincidencia, pero haberla conocido allí, mientras llovía en el otro mundo, el del cielo alto y sin guirnaldas de la calle, me pareció un signo que iba más allá del encuentro trivial con cualquiera de las prostitutas del barrio. Después supe que en esos días Josiane no se alejaba de la galería porque era la época en que no se hablaba más que de los crímenes de Laurent y la pobre vivía aterrada. Algo de este terror se transformaba en gracia, en gestos casi esquivos, en puro deseo. Recuerdo su manera de mirarme entre codiciosa y desconfiada, sus preguntas que fingían indiferencia, mi casi incrédulo encanto al enterarme de que vivía en los altos de la galería, mi insistencia en subir a su bohardilla en vez de ir al hotel de la rue du Sentier (donde ella tenía amigos y se sentía protegida). Y su confianza más tarde, cómo nos reímos esa noche a la sola idea de que yo pudiera ser Laurent, y qué bonita y dulce era Josiane en su bohardilla de novela barata, con el miedo al estrangulador rondando por París y esa manera de apretarse más y más contra mí mientras pasábamos revista a los asesinatos de Laurent.

Mi madre sabe siempre si he dormido en casa, y aunque naturalmente no dice nada puesto que sería absurdo que lo dijera, durante uno o dos días me mira entre ofendida y temerosa. Sé muy bien que jamás se le ocurriría contárselo a Irma, pero lo mismo me fastidia la persistencia de un derecho materno que ya nada justifica, y sobre todo que sea yo el que al final se aparezca con una caja de bombones o una planta para el patio, y que el regalo represente de una manera muy precisa y sobrentendida la terminación de la ofensa, el retorno a la vida corriente del hijo que vive todavía en casa de su madre. Desde luego Josiane era feliz cuando le contaba esa clase de episodios, que una vez en el barrio de las galerías pasaban a formar parte de nuestro mundo con la misma llaneza que su protagonista. El sentimiento familiar de Josiane era muy vivo y estaba lleno de respeto por las instituciones y los parentescos; soy poco amigo de confidencias pero como de algo teníamos que hablar y lo que ella me había dejado saber de su vida ya estaba comentado, casi inevitablemente volvíamos a mis problemas de hombre soltero. Otra cosa nos acercó, y también en eso fui afortunado, porque a Josiane le gustaban las galerías cubiertas, quizá por vivir en una de ellas o porque la protegían del frío y la lluvia (la conocí a principios de un invierno, con nevadas prematuras que nuestras galerías y su mundo ignoraban alegremente). Nos habituamos a andar juntos cuando le sobraba el tiempo, cuando alguien —no le gustaba llamarlo por su nombre— estaba lo bastante satisfecho como para dejarla divertirse un rato con sus amigos. De ese alguien hablábamos poco, luego que yo hice las inevitables preguntas y ella me contestó las inevitables mentiras de toda relación mercenaria; se daba por supuesto que era el amo, pero tenía el buen gusto de no hacerse ver. Llegué a pensar que no le desagradaba que yo acompañara algunas noches a Josiane, porque la amenaza de Laurent pesaba más que nunca sobre el barrio después de su nuevo crimen en la rue d'Aboukir, y la pobre no se hubiera atrevido a alejarse de la Galerie Vivienne una vez caída la noche. Era como para sentirse agradecido a Laurent y al amo, el miedo ajeno me servía para recorrer con Josiane los pasajes y los cafés, descubriendo que podía llegar a ser un amigo de verdad de una muchacha a la que no me ataba ninguna relación profunda. De esa confiada amistad nos fuimos dando cuenta poco a poco, a través de silencios, de tonterías. Su habitación, por ejemplo, la bohardilla pequeña y limpia que para mí no había tenido otra realidad que la de formar parte de la galería. En un principio yo había subido por Josiane, y como no podía quedarme porque me faltaba el dinero para pagar una noche entera y alguien estaba esperando la rendición sin mácula de cuentas, casi no veía lo que me rodeaba y mucho más tarde, cuando estaba a punto de dormirme en mi pobre cuarto con su almanaque ilustrado y su mate de plata como únicos lujos, me preguntaba por la bohardilla y no alcanzaba a dibujármela, no veía más que a Josiane y me bastaba para entrar en el sueño como si todavía la guardara entre los brazos. Pero con la amistad vinieron las prerrogativas, quizá la aquiescencia del amo, y Josiane se las arreglaba muchas veces para pasar la noche conmigo, y su pieza empezó a llenarnos los huecos de un diálogo que no siempre era fácil; cada mañana, cada estampa, cada adorno fueron instalándose en mi memoria y ayudándome a vivir cuando era el tiempo de volver a mi cuarto o de conversar con mi madre o con Irma de la política nacional y de las enfermedades en las familias.

Más tarde hubo otras cosas, y entre ellas la vaga silueta de aquél que Josiane llamaba el sudamericano, pero en un principio todo parecía ordenarse en torno al gran terror del barrio, alimentado por lo que un periodista imaginativo había dado en llamar la saga de Laurent el estrangulador. Si en un momento dado me propongo la imagen de Josiane, es para verla entrar conmigo en el café de la rue des Jeuneurs, instalarse en la banqueta de felpa morada y cambiar saludos con las amigas y los parroquianos, frases sueltas que enseguida son Laurent, porque sólo de Laurent se habla en el barrio de la Bolsa, y yo que he trabajado sin parar todo el día y he soportado entre dos ruedas de cotizaciones los comentarios de colegas y clientes acerca del último crimen de Laurent, me pregunto si esa torpe pesadilla va a acabar algún día, si las cosas volverán a ser como imagino que eran antes de Laurent, o si deberemos sufrir sus macabras diversiones hasta el fin de los tiempos. Y lo más irritante (se lo digo a Josiane después de pedir el *grog* que tanta falta nos hace con ese frío y esa nieve) es que ni siquiera sabemos su nombre, el barrio lo llama Laurent porque una vidente de la barrera de Clichy ha visto en la bola de cristal cómo el asesino escribía su nombre con un dedo ensangrentado, y los gacetilleros se cuidan de no contrariar los instintos del público. Josiane no es tonta pero nadie la convencería de que el asesino no se llama Laurent, y es inútil luchar contra el ávido terror parpadeando en sus ojos azules que miran ahora distraídamente el paso de un hombre joven, muy alto y un poco encorvado, que acaba de entrar y se apoya en el mostrador sin saludar a nadie.

—Puede ser —dice Josiane, acatando alguna reflexión tranquilizadora que debo haber inventado sin siquiera pensarla—. Pero entretanto yo tengo que subir sola a mi cuarto, y si el viento me apaga la vela entre dos pisos… La sola idea de quedarme a oscuras en la escalera, y que quizá…

—Pocas veces subes sola —le digo riéndome.

—Tú te burlas pero hay malas noches, justamente cuando nieva o llueve y me toca volver a las dos de la madrugada…

Sigue la descripción de Laurent agazapado en un rellano, o todavía peor, esperándola en su propia habitación a la que ha entrado mediante una ganzúa infalible. En la mesa de al lado Kikí se estremece ostentosamente y suelta unos gritos que se multiplican en los espejos. Los hombres nos divertimos enormemente con esos espantos teatrales que nos ayudarán a proteger con más prestigio a nuestras compañeras. Da gusto fumar unas pipas en el café, a esa hora en que la fatiga del trabajo empieza a borrarse con el alcohol y el tabaco, y las mujeres comparan sus sombreros y sus botas o se ríen de nada; da gusto besar en la boca a Josiane que pensativa se ha puesto a mirar al hombre —casi un muchacho— que nos da la espalda y bebe su ajenjo a pequeños sorbos, apoyando un codo en el mostrador. Es curioso, ahora que lo pienso: a la primera imagen que se me ocurre de Josiane y que es siempre Josiane en la banqueta del café, una noche de nevada y Laurent, se agrega inevitablemente aquél que ella llamaba el sudamericano, bebiendo su ajenjo y dándonos la espalda. También yo le llamo el sudamericano porque Josiane me aseguró que lo era, y que lo sabía por la Rousse que se había acostado con él o poco menos, y todo eso había sucedido antes de que Josiane y la Rousse se pelearan por una cuestión de esquinas o de horarios y lo lamentaran ahora con medias palabras porque habían sido muy buenas amigas. Según la Rousse él le había dicho que era sudamericano aunque hablara sin el menor acento; se lo había dicho al ir a acostarse con ella, quizá para conversar de alguna cosa mientras acababa de soltarse las cintas de los zapatos.

—Ahí donde lo ves, casi un chico… ¿Verdad que parece un colegial que ha crecido de golpe? Bueno, tendrías que oír lo que cuenta la Rousse.

Josiane perseveraba en la costumbre de cruzar y separar los dedos cada vez que narraba algo apasionante. Me explicó el capricho del sudamericano, nada tan extraordinario después de todo, la negativa terminante de la Rousse, la partida ensimismada del cliente. Le pregunté si el sudamericano la había abordado alguna vez. Pues no, porque debía saber que la Rousse y ella eran amigas. Las conocía bien, vivía en el barrio, y cuando Josiane dijo eso yo miré con más atención y lo vi pagar su ajenjo echando una moneda en el platillo de peltre mientras dejaba resbalar sobre nosotros —y era como si cesáramos de estar allí por un segundo interminable— una expresión distante y a la vez curiosamente fija, la cara de alguien que se ha inmovilizado en un momento de sueño y rehúsa dar el paso que lo devolverá a la vigilia. Después de todo una expresión como ésa, aunque el muchacho fuese casi un adolescente y tuviera rasgos muy hermosos, podía llevar como de la mano a la pesadilla recurrente de Laurent. No perdí tiempo en proponérselo a Josiane.

—¿Laurent? ¡Estás loco! Pero si Laurent es...

Lo malo era que nadie sabía nada de Laurent, aunque Kikí y Albert nos ayudaran a seguir pesando las probabilidades para divertirnos. Toda la teoría se vino abajo cuando el patrón, que milagrosamente escuchaba cualquier diálogo en el café, nos recordó que por lo menos algo se sabía de Laurent: la fuerza que le permitía estrangular a sus víctimas con una sola mano. Y ese muchacho, vamos... Sí, y ya era tarde y convenía volver a casa; yo tan solo porque esa noche Josiane la pasaba con alguien que ya la estaría esperando en la bohardilla, alguien que tenía la llave por derecho propio, y entonces la acompañé hasta el primer rellano para que no se asustara si se le apagaba la vela en mitad del ascenso, y desde una gran fatiga repentina la miré subir, quizá contenta aunque me hubiera dicho lo contrario, y después salí a la calle nevada y glacial y me puse a andar sin rumbo, hasta que en algún momento encontré como siempre el camino que me devolvería a mi barrio, entre gente que leía la sexta edición de los diarios o miraba por las ventanillas del tranvía como si realmente hubiera alguna cosa que ver a esa hora y en esas calles.

No siempre era fácil llegar a la zona de las galerías y coincidir con un momento libre de Josiane; cuántas veces me tocaba andar solo por los pasajes, un poco decepcionado, hasta sentir poco a poco que la noche era también mi amante. A la hora en que se encendían los picos de gas la animación se despertaba en nuestro reino, los cafés eran la bolsa del ocio y del contento, y se bebía a largos tragos el fin de la jornada, los titulares de los periódicos, la política, los prusianos, Laurent, las carreras de caballos. Me gustaba saborear una copa aquí y otra más allá, atisbando sin apuro el momento en que descubriría la silueta de Josiane en algún codo de las galerías o en algún mostrador. Si ya estaba acompañada, una señal convenida me dejaba saber cuándo podía encontrarla sola; otras veces se limitaba a sonreír y a mí me quedaba el resto del tiempo para las galerías; eran las horas del explorador y así fui entrando en las zonas más remotas del barrio, en la Galerie Sainte-Foy, por ejemplo, y en los remotos Passages du Caire, pero aunque cualquiera de ellos me atrajera más que las calles abiertas (y había tantos, hoy era el Passage des Princes, otra vez el Passage Verdeau, así hasta el infinito), de todas maneras el término de una larga ronda que yo mismo no hubiera podido reconstruir me devolvía siempre a la Galerie Vivienne, no tanto por Josiane aunque también fuera por ella, sino por sus rejas protectoras, sus alegorías vetustas, sus sombras en el codo del Passage des Petits-Pères, ese mundo diferente donde no había que pensar en Irma y se podía vivir sin horarios fijos, al azar de los encuentros y de la suerte. Con tan pocos asideros no alcanzo a calcular el tiempo que pasó antes de que volviéramos a hablar casualmente del sudamericano; una vez me había parecido verlo salir de un portal de la rue Saint-Marc, envuelto en una de esas hopalandas negras que tanto se habían llevado cinco años atrás junto con sombreros de copa exageradamente alta, y estuve tentado de acercarme y preguntarle por su origen. Me lo impidió el pensar en la fría cólera con que yo habría recibido una interpelación de ese género, pero Josiane encontró luego que había sido una tontería de mi parte, quizá porque el sudamericano le interesaba a su manera, con algo de ofensa gremial y mucho de curiosidad. Se acordó de que unas noches atrás había creído reconocerlo de lejos en la Galerie Vivienne, que sin embargo él no parecía frecuentar.

—No me gusta esa manera que tiene de mirarnos —dijo Josiane—. Antes no me importaba, pero desde aquella vez que hablaste de Laurent…

—Josiane, cuando hice esa broma estábamos con Kikí y Albert. Albert es un soplón de la policía, supongo que lo sabes. ¿Crees que dejaría pasar la oportunidad si la idea le pareciera razonable? La cabeza de Laurent vale mucho dinero, querida.

—No me gustan sus ojos —se obstinó Josiane—. Y además que no te mira, la verdad es que te clava los ojos pero no te mira. Si un día me aborda salgo huyendo, te lo digo por esta cruz.

—Tienes miedo de un chico. ¿O todos los sudamericanos te parecemos unos orangutanes?

Ya se sabe cómo podían acabar esos diálogos. Ibamos a beber un *grog* al café de la rue des Jeuneurs, recorríamos las galerías, los teatros del bulevar, subíamos a la bohardilla, nos reíamos enormemente. Hubo algunas semanas —por fijar un término, es tan difícil ser justo con la felicidad— en que todo nos hacía reír, hasta las torpezas de Badinguet y el temor de la guerra nos divertían. Es casi ridículo admitir que algo tan desproporcionadamente inferior como Laurent pudiera acabar con nuestro contento, pero así fue. Laurent mató a otra mujer en la rue Beauregard —tan cerca, después de todo— y en el café nos quedamos como en misa y Marthe, que había entrado a la carrera para gritar la noticia, acabó en una explosión de llanto histérico que de algún modo nos ayudó a tragar la bola que teníamos en la garganta. Esa misma noche la policía nos pasó a todos por su peine más fino, de café en café y de hotel en hotel; Josiane buscó al amo y yo la dejé irse, comprendiendo que necesitaba la protección suprema que todo lo allanaba. Pero como en el fondo esas cosas me sumían en una vaga tristeza —las galerías no eran para eso, no debían ser para eso—, me puse a beber con Kikí y después con la Rousse que me buscaba como puente para reconciliarse con Josiane. Se bebía fuerte en nuestro café, y en esa niebla caliente de las voces y los tragos me pareció casi justo que a medianoche el sudamericano fuera a sentarse a una mesa del fondo y pidiera un ajenjo con la expresión de siempre, hermosa y ausente y alunada. Al preludio de confidencia de la Rousse contesté que ya lo sabía, y que después de todo el muchacho no era ciego y sus gustos no merecían tanto rencor, todavía nos reíamos de las falsas bofetadas de la Rousse cuando Kikí condescendió a decir que alguna vez había estado en su habitación. Antes de que la Rousse pudiera clavarle las diez uñas de una pregunta imaginable, quise saber cómo era ese cuarto. «Bah, qué importa el cuarto», decía desdeñosamente la Rousse, pero Kikí ya se metía de lleno en una bohardilla de la rue Notre-Dame-des-Victoires, sacando como un mal prestidigitador del barrio un gato gris, muchos papeles borroneados, un piano que ocupaba demasiado lugar, pero sobre todo papeles y al final otra vez el gato gris que en el fondo parecía ser el mejor recuerdo de Kikí.

Yo la dejaba hablar, mirando todo el tiempo hacia la mesa del fondo y diciéndome que al fin y al cabo hubiera sido tan natural que me acercara al sudamericano y le dijera un par de frases en español. Estuve a punto de hacerlo, y ahora no soy más que uno de los muchos que se preguntan por qué en algún momento no hicieron lo que habían pensado hacer. En cambio me quedé con la Rousse y Kikí, fumando una nueva pipa y pidiendo otra ronda de vino blanco; no me acuerdo bien de lo que sentía al renunciar a mi impulso, pero era algo como una veda, el sentimiento de que si la trasgredía iba a entrar en un territorio inseguro. Y sin embargo creo que hice mal, que estuve al borde de un acto que hubiera podido salvarme. Salvarme de qué me pregunto. Pero precisamente de eso: salvarme de que hoy no pueda hacer otra cosa que preguntármelo, y que no haya otra respuesta que el humo del tabaco y esa vaga esperanza inútil que me sigue por las calles como un perro sarnoso.

> *Où sont-ils passés, les becs de gaz? Que*
> *sont-elles devenues, les vendeuses d'amour?*
> ... ..., VI, 1.

Poco a poco tuve que convencerme de que habíamos entrado en malos tiempos y que mientras Laurent y las amenazas prusianas nos preocuparan de ese modo, la vida no volvería a ser lo que había sido en las galerías. Mi madre debió notarme desmejorado porque me aconsejó que tomara algún tónico, y los padres de Irma, que tenían un chalet en una isla del Paraná, me invitaron a pasar una temporada de descanso y de vida higiénica. Pedí quince días de vacaciones y me fui sin ganas a la isla, enemistado de antemano con el sol y los mosquitos.

El primer sábado pretexté cualquier cosa y volví a la ciudad, anduve como a los tumbos por calles donde los tacos se hundían en el asfalto blando. De esa vagancia estúpida me queda un brusco recuerdo delicioso: al entrar una vez más en el Pasaje Güemes me envolvió de golpe el aroma del café, su violencia ya casi olvidada en las galerías donde el café era flojo y recocido. Bebí dos tazas, sin azúcar, saboreando y oliendo a la vez, quemándome y feliz. Todo lo que siguió hasta el fin de la tarde olió distinto, el aire húmedo del centro estaba lleno de pozos de fragancia (volví a pie hasta mi casa, creo que le había prometido a mi madre cenar con ella), y en cada pozo del aire los olores eran más crudos, más intensos, jabón amarillo, café, tabaco negro, tinta de imprenta, yerba mate, todo olía encarnizadamente, y también el sol y el cielo eran más duros y acuciados. Por unas horas olvidé casi rencorosamente el barrio de las galerías, pero cuando volví a cruzar el Pasaje Güemes (¿era realmente en la época de la isla? Acaso mezclo dos momentos de una misma temporada, y en realidad poco importa) fue en vano que invocara la alegre bofetada del café, su olor me pareció el de siempre y en cambio reconocí esa mezcla dulzona y repugnante del aserrín y la cerveza rancia que parece rezumar del piso de los bares del centro, pero quizá fuera porque de nuevo estaba deseando encontrar a Josiane y hasta confiaba en que el gran terror y las nevadas hubiesen llegado a su fin. Creo que en esos días empecé a sospechar que ya el deseo no bastaba como antes para que las cosas girasen acompasadamente y me propusieran alguna de las calles que llevaban a la Galerie Vivienne, pero también es posible que terminara por someterme mansamente al chalet de la isla para no entristecer a Irma, para que no sospechara que mi único reposo verdadero estaba en otra parte; hasta que no pude más y volví a la ciudad y caminé hasta agotarme, con la camisa pegada al cuerpo, sentándome en los bares para beber cerveza, esperando ya no sabía qué. Y cuando al salir del último bar vi que no tenía más que dar la vuelta a la esquina para internarme en mi barrio, la alegría se mezcló con la fatiga y una oscura conciencia de fracaso, porque bastaba mirar la cara de la gente para comprender que el gran terror estaba lejos de haber cesado, bastaba asomarse a los ojos de Josiane en su esquina de la rue d'Uzès y oírle decir quejumbrosa que el amo en persona había decidido protegerla de un posible ataque; recuerdo que entre dos besos alcancé a entrever su silueta en el hueco de un portal, defendiéndose de la cellisca envuelta en una larga capa gris.

Josiane no era de las que reprochan las ausencias, y me pregunto si en el fondo se daba cuenta del paso del tiempo. Volvimos del brazo a la Galerie Vivienne, subimos a la bohardilla, pero después comprendimos que no estábamos contentos como antes y lo atribuimos vagamente a todo lo que afligía al barrio; habría guerra, era fatal, los hombres tendrían que incorporarse a las filas (ella empleaba solemnemente esas palabras con un ignorante, delicioso respeto), la gente tenía miedo y rabia, la policía no había sido capaz de descubrir a Laurent. Se consolaban guillotinando a otros, como esa misma madrugada en que ejecutarían al envenenador del que tanto habíamos hablado en el café de la rue des Jeuneurs en los días del proceso; pero el terror seguía suelto en las galerías y en los pasajes, nada había cambiado desde mi último encuentro con Josiane, y ni siquiera había dejado de nevar.

Para consolarnos nos fuimos de paseo, desafiando el frío porque Josiane tenía un abrigo que debía ser admirado en una serie de esquinas y portales donde sus amigas esperaban a los clientes soplándose los dedos o hundiendo las manos en los manguitos de piel. Pocas veces habíamos andado tanto por los bulevares, y terminé sospechando que éramos sobre todo sensibles a la protección de los escaparates iluminados; entrar en cualquiera de las calles vecinas (porque también Liliane tenía que ver el abrigo, y más allá Francine) nos iba hundiendo poco a poco en el espanto, hasta que el abrigo quedó suficientemente exhibido y yo propuse nuestro café y corrimos por la rue du Croissant hasta dar la vuelta a la manzana y refugiarnos en el calor y los amigos. Por suerte para todos la idea de la guerra se iba adelgazando a esa hora en las memorias, a nadie se le ocurría repetir los estribillos obscenos contra los prusianos, se estaba tan bien con las copas llenas y el calor de la estufa, los clientes de paso se habían marchado y quedábamos solamente los amigos del patrón, el grupo de siempre y la buena noticia de que la Rousse había pedido perdón a Josiane y se habían reconciliado con besos y lágrimas y hasta regalos. Todo tenía algo de guirnalda (pero las guirnaldas pueden ser fúnebres, lo comprendí después) y por eso, como afuera estaban la nieve y Laurent, nos quedábamos lo más posible en el café y nos enterábamos a medianoche de que el patrón cumplía cincuenta años de trabajo detrás del mismo mostrador, y eso había que festejarlo, una flor se trenzaba con la siguiente, las botellas llenaban las mesas porque ahora las ofrecía el patrón y no se podía desairar tanta amistad y tanta dedicación al trabajo, y hacia las tres y media de la mañana Kikí completamente borracha terminaba de cantarnos los mejores aires de la opereta de moda mientras Josiane y la Rousse lloraban abrazadas de felicidad y ajenjo, y Albert, casi sin darle importancia, trenzaba otra flor en la guirnalda y proponía terminar la noche en la Roquette donde guillotinaban al envenenador exactamente a las seis, y el patrón descubría emocionado que ese final de fiesta era como la apoteosis de cincuenta años de trabajo honrado y se obligaba, abrazándonos a todos y hablándonos de su esposa muerta en el Languedoc, a alquilar dos fiacres para la expedición.

A eso siguió más vino, la evocación de diversas madres y episodios sobresalientes de la infancia, y una sopa de cebolla que Josiane y la Rousse llevaron a lo sublime en la cocina del café mientras Albert, el patrón y yo nos prometíamos amistad eterna y muerte a los prusianos. La sopa y los quesos debieron ahogar tanta vehemencia, porque estábamos casi callados y hasta incómodos cuando llegó la hora de cerrar el café con un ruido interminable de barras y cadenas, y subir a los fiacres donde todo el frío del mundo parecía estar esperándonos. Más nos hubiera valido viajar juntos para abrigarnos, pero el patrón tenía principios humanitarios en materia de caballos y montó en el primer fiacre con la Rousse y Albert mientras me confiaba a Kikí y a Josiane quienes, dijo, eran como sus hijas. Después de festejar adecuadamente la frase con los cocheros, el ánimo nos volvió al cuerpo mientras subíamos hacia Popincourt entre simulacros de carreras, voces de aliento y lluvias de falsos latigazos. El patrón insistió en que bajáramos a cierta distancia, aduciendo razones de discreción que no entendí, y tomados del brazo para no resbalar demasiado en la nieve congelada remontamos la rue de la Roquette vagamente iluminada por reverberos aislados, entre sombras movientes que de pronto se resolvían en sombreros de copa, fiacres al trote y grupos de embozados que acababan amontonándose frente a un ensanchamiento de la calle, bajo la otra sombra más alta y más negra de la cárcel. Un mundo clandestino se codeaba, se pasaba botellas de mano en mano, repetía una broma que corría entre carcajadas y chillidos sofocados, y también había bruscos silencios y rostros iluminados un instante por un yesquero mientras seguíamos avanzando dificultosamente y cuidábamos de no separarnos como si cada uno supiera que sólo la voluntad del grupo podía perdonar su presencia en ese sitio. La máquina estaba ahí sobre sus cinco bases de piedra, y todo el aparato de la justicia aguardaba inmóvil en el breve espacio entre ella y el cuadro de soldados con los fusiles apoyados en tierra y las bayonetas caladas. Josiane me hundía las uñas en el brazo y temblaba de tal manera que hablé de llevármela a un café, pero no había cafés a la vista y ella se empecinaba en quedarse. Colgada de mí y de Albert, saltaba de tanto en tanto para ver mejor la máquina, volvía a clavarme las uñas, y al final me obligó a agachar la cabeza hasta que sus labios encontraron mi boca, y me mordió histéricamente murmurando palabras que pocas veces le había oído y que colmaron mi orgullo como si por un momento hubiera sido el amo. Pero de todos nosotros el único aficionado apreciativo era Albert; fumando un cigarro mataba los minutos comparando ceremonias, imaginando el comportamiento final del condenado, las etapas que en ese mismo momento se cumplían en el interior de la prisión y que conocía en detalle por razones que se callaba. Al principio lo escuché con avidez para enterarme de cada nimia articulación de la liturgia, hasta que lentamente, como desde más allá de él y de Josiane y de la celebración del aniversario, me fue invadiendo algo que era como un abandono, el sentimiento indefinible de que eso no hubiera debido ocurrir en esa forma, que algo estaba amenazando en mí el mundo de las galerías y los pasajes, o todavía peor, que mi felicidad en ese mundo había sido un preludio engañoso, una trampa de flores como si una de las figuras de yeso me hubiera alcanzado una guirnalda mentida (y esa noche yo había pensado que las cosas se tejían como las flores en una guirnalda), para caer poco a poco en Laurent, para derivar de la embriaguez inocente de la Galerie Vivienne y de la bohardilla de Josiane, lentamente ir pasando al gran terror, a la nieve, a la guerra inevitable, a la apoteosis de los cincuenta años del patrón, a los fiacres ateridos del alba, al brazo rígido de

Josiane que se prometía no mirar y buscaba ya en mi pecho dónde esconder la cara en el momento final. Me pareció (y en ese instante las rejas empezaban a abrirse y se oía la voz de mando del oficial de la guardia) que de alguna manera eso era un término, no sabía bien de qué porque al fin y al cabo yo seguiría viviendo, trabajando en la Bolsa y viendo de cuando en cuando a Josiane, a Albert y a Kikí que ahora se había puesto a golpearme histéricamente el hombro, y aunque no quería desviar los ojos de las rejas que terminaban de abrirse, tuve que prestarle atención por un instante y siguiendo su mirada entre sorprendida y burlona alcancé a distinguir casi al lado del patrón la silueta un poco agobiada del sudamericano envuelto en la hopalanda negra, y curiosamente pensé que también eso entraba en alguna manera en la guirnalda y que era un poco como si una mano acabara de trenzar en ella la flor que la cerraría antes del amanecer. Y ya no pensé más porque Josiane se apretó contra mí gimiendo, y en la sombra que los dos reverberos de la puerta agitaban sin ahuyentarla, la mancha blanca de una camisa surgió como flotando entre dos siluetas negras, apareciendo y desapareciendo cada vez que una tercera sombra voluminosa se inclinaba sobre ella con los gestos del que abraza o amonesta o dice algo al oído o da a besar alguna cosa, hasta que se hizo a un lado y la mancha blanca se definió más de cerca, encuadrada por un grupo de gentes con sombreros de copa y abrigos negros, y hubo como una prestidigitación acelerada, un rapto de la mancha blanca por las dos figuras que hasta ese momento habían parecido formar parte de la máquina, un gesto de arrancar de los hombros un abrigo ya innecesario, un movimiento presuroso hacia adelante, un clamor ahogado que podía ser de cualquiera, de Josiane convulsa contra mí, de la mancha blanca que parecía deslizarse bajo el armazón donde algo se desencadenaba con un chasquido y una conmoción casi simultáneos. Creí que Josiane iba a desmayarse, todo el peso de su cuerpo resbalaba a lo largo del mío como debía estar resbalando el otro cuerpo hacia la nada, y me incliné para sostenerla mientras un enorme nudo de gargantas se desataba en un final de misa con el órgano resonando en lo alto (pero era un caballo que relinchaba al oler la sangre) y el reflujo nos empujó entre gritos y órdenes militares. Por encima del sombrero de Josiane que se había puesto a llorar compasivamente contra mi estómago, alcancé a reconocer al patrón emocionado, a Albert en la gloria, y el perfil del sudamericano perdido en la contemplación imperfecta de la máquina que las espaldas de los soldados y el afanarse de los artesanos de la justicia le iban librando por manchas aisladas, por relámpagos de sombra entre gabanes y brazos y un afán general por moverse y partir en busca de vino caliente y de sueño, como nosotros amontonándonos más tarde en un fiacre para volver al barrio, comentando lo que cada uno había creído ver y que no era lo mismo, no era nunca lo mismo y por eso valía más porque entre la rue de la Roquette y el barrio de la Bolsa había tiempo para reconstruir la ceremonia, discutirla, sorprenderse en contradicciones, jactarse de una vista más aguda o de unos nervios más templados para admiración de última hora de nuestras tímidas compañeras.

Nada podía tener de extraño que en esa época mi madre me notara más desmejorado y se lamentara sin disimulo de una indiferencia inexplicable que hacía sufrir a mi pobre novia y terminaría por enajenarme la protección de los amigos de mi difunto padre gracias a los cuales me estaba abriendo paso en los medios bursátiles. A frases así no se podía contestar más que con el silencio, y aparecer algunos días después con una nueva planta de adorno o un vale para madejas de lana a precio rebajado. Irma era más comprensiva, debía confiar simplemente en que el matrimonio me devolvería alguna vez a la normalidad burocrática, y en esos últimos tiempos yo estaba al borde de darle la razón, pero me era imposible renunciar a la esperanza de que el gran terror llegara a su fin en el barrio de las galerías y que volver a mi casa no se pareciera ya a una escapatoria, a un ansia de protección que desaparecía tan pronto como mi madre empezaba a mirarme entre suspiros o Irma me tendía la taza de café con la sonrisa de las novias arañas. Estábamos por ese entonces en plena dictadura militar, una más en la interminable serie, pero la gente se apasionaba sobre todo por el desenlace inminente de la guerra mundial y casi todos los días se improvisaban manifestaciones en el centro para celebrar el avance aliado y la liberación de las capitales europeas, mientras la policía cargaba contra los estudiantes y las mujeres, los comercios bajaban presurosamente las cortinas metálicas y yo, incorporado por la fuerza de las cosas a algún grupo detenido frente a las pizarras de *La Prensa*, me preguntaba si sería capaz de seguir resistiendo mucho tiempo a la sonrisa consecuente de la pobre Irma y a la humedad que me empapaba la camisa entre rueda y rueda de cotizaciones. Empecé a sentir que el barrio de las galerías ya no era como antes el término de un deseo, cuando bastaba echar a andar por cualquier calle para que en alguna esquina todo girara blandamente y me allegara sin esfuerzo a la Place des Victoires donde era tan grato demorarse vagando por las callejuelas con sus tiendas y zaguanes polvorientos, y a la hora más propicia entrar en la Galerie Vivienne en busca de Josiane, a menos que caprichosamente prefiriera recorrer primero el Passage des Panoramas o el Passage des Princes y volver dando un rodeo un poco perverso por el lado de la Bolsa. Ahora, en cambio, sin siquiera tener el consuelo de reconocer como aquella mañana el aroma vehemente del café en el Pasaje Güemes (olía a aserrín, a lejía), empecé a admitir desde muy lejos que el barrio de las galerías no era ya el puerto de reposo, aunque todavía creyera en la posibilidad de liberarme de mi trabajo y de Irma, de encontrar sin esfuerzo la esquina de Josiane. A cada momento me ganaba el deseo de volver; frente a las pizarras de los diarios, con los amigos, en el patio de casa, sobre todo al anochecer, a la hora en que allá empezarían a encenderse los picos de gas. Pero algo me obligaba a demorarme junto a mi madre y a Irma, una oscura certidumbre de que en el barrio de las galerías ya no me esperarían como antes, de que el gran terror era el más fuerte. Entraba en los bancos y en las casas de comercio con un comportamiento de autómata, tolerando la cotidiana obligación de comprar y vender valores y escuchar los cascos de los caballos de la policía cargando contra el pueblo que festejaba los triunfos aliados, y tan poco creía ya que alcanzaría a liberarme una vez más de todo eso que cuando llegué al barrio de las galerías tuve casi miedo, me sentí extranjero y diferente como jamás me había ocurrido antes, me refugié en una puerta cochera y dejé pasar el tiempo y la gente, forzado por primera vez a aceptar poco a poco todo lo que antes me había parecido mío, las calles y los vehículos, la ropa y los guantes, la nieve en los patios y las voces en las tiendas. Hasta que otra vez fue el deslumbramiento, fue encontrar a Josiane en la Galerie Colbert y enterarme entre besos y brincos de que ya no había Laurent, que el barrio había festejado noche tras noche el fin de la pesadilla, y todo el mundo había preguntado por mí y menos mal que por fin Laurent, pero dónde me había metido que no me enteraba de nada, y tantas cosas y tantos besos. Nunca la había deseado más y nunca nos quisimos mejor bajo el techo de su cuarto que mi mano podía tocar desde la cama. Las caricias, los chismes, el delicioso recuento de los días mientras el anochecer iba ganando la bohardilla. ¿Laurent? Un marsellés de pelo crespo, un miserable cobarde que se había atrincherado en el desván de la casa donde acababa de matar a otra mujer, y había pedido gracia desesperadamente mientras la policía echaba abajo la puerta. Y se llamaba Paul, el monstruo, hasta eso, fíjate, y acababa de matar a su novena víctima, y lo habían arrastrado al coche celular mientras todas las fuerzas del segundo distrito lo protegían sin ganas de una muchedumbre que lo hubiera destrozado. Josiane había tenido ya tiempo de habituarse, de enterrar a Laurent en su memoria que poco guardaba las imágenes, pero para mí era demasiado y no alcanzaba a creerlo del todo hasta que su alegría me persuadió de que verdaderamente ya no habría más Laurent, que otra vez podíamos vagar por los pasajes y las calles sin desconfiar de los portales. Fue necesario que saliéramos a festejar juntos la liberación, y como ya no nevaba Josiane quiso ir a la rotonda del Palais Royal que nunca habíamos frecuentado en los tiempos de Laurent. Me prometí, mientras bajábamos cantando por la rue des Petits Champs, que esa misma noche llevaría a Josiane a los cabarets de los bulevares, y que terminaríamos la velada en nuestro café donde a fuerza de vino blanco me haría perdonar tanta ingratitud y tanta ausencia.

Por unas pocas horas bebí hasta los bordes el tiempo feliz de las galerías, y llegué a convencerme de que el final del gran terror me devolvía sano y salvo a mi cielo de estucos y guirnaldas; bailando con Josiane en la rotonda me quité de encima la última opresión de ese interregno incierto, nací otra vez a mi mejor vida tan lejos de la sala de Irma, del patio de casa, del menguado consuelo del Pasaje Güemes. Ni siquiera cuando más tarde, charlando de tanta cosa alegre con Kikí y Josiane y el patrón, me enteré del final del sudamericano, ni siquiera entonces sospeché que estaba viviendo un aplazamiento, una última gracia; por lo demás ellos hablaban del sudamericano con una indiferencia burlona, como de cualquiera de los extravagantes del barrio que alcanzan a llenar un hueco en una conversación donde pronto nacerán temas más apasionantes, y que el sudamericano acabara de morirse en una pieza de hotel era apenas algo más que una información al pasar y Kikí discurría ya sobre las fiestas que se preparaban en un molino de la Butte, y me costó interrumpirla, pedirle algún detalle sin saber demasiado por qué se lo pedía. Por Kikí acabé sabiendo algunas cosas mínimas, el nombre del sudamericano que al fin y al cabo era un nombre francés y que olvidé enseguida, su enfermedad repentina en la rue du Faubourg Montmartre donde Kikí tenía un amigo que le había contado, la soledad, el miserable cirio ardiendo sobre la consola atestada de libros y papeles, el gato gris que su amigo había recogido, la cólera del hotelero a quien le hacían eso precisamente cuando esperaba la visita de sus padres políticos, el entierro anónimo, el olvido, las fiestas en el molino de la Butte, el arresto de Paul el marsellés, la insolencia de los prusianos a los que ya era tiempo de darles la lección que se merecían. Y de todo eso yo iba separando, como quien arranca dos flores secas de una guirnalda, las dos muertes que de alguna manera se me antojaban simétricas, la del sudamericano y la de Laurent, el uno en su pieza de hotel, el otro disolviéndose en la nada para ceder su lugar a Paul el marsellés, y eran casi una misma muerte, algo que se borraba para siempre en la memoria del barrio. Todavía esa noche pude creer que todo seguiría como antes del gran terror, y Josiane fue otra vez mía en su bohardilla y al despedirnos nos prometimos fiestas y excursiones cuando llegara el verano. Pero helaba en las calles, y las noticias de la guerra exigían mi presencia en la Bolsa a las nueve de la mañana; con un esfuerzo que entonces creí meritorio me negué a pensar en mi reconquistado cielo, y después de trabajar hasta la náusea almorcé con mi madre y le agradecí que me encontrara más repuesto. Esa semana la pasé en plena lucha bursátil, sin tiempo para nada, corriendo a casa para darme una ducha y cambiar una camisa empapada por otra que al rato estaba peor. La bomba cayó sobre Hiroshima y todo fue confusión entre mis clientes, hubo que librar una larga batalla para salvar los valores más comprometidos y encontrar un rumbo aconsejable en ese mundo donde cada día era una nueva derrota nazi y una enconada, inútil reacción de la dictadura contra lo irreparable. Cuando los alemanes se rindieron y el pueblo se echó a la calle en Buenos Aires, pensé que podría tomarme un descanso, pero cada mañana me esperaban nuevos problemas, en esas semanas me casé con Irma después que mi madre estuvo al borde de un ataque cardíaco y toda la familia me lo atribuyó quizá justamente. Una y otra vez me pregunté por qué, si el gran terror había cesado en el barrio de las galerías, no me llegaba la hora de encontrarme con Josiane para volver a pasear bajo nuestro cielo de yeso. Supongo que el trabajo y las obligaciones familiares contribuían a impedírmelo, y sólo sé que de a ratos perdidos me iba a caminar como consuelo por el Pasaje Güemes, mirando vagamente hacia arriba, tomando café y pensando cada vez con menos convicción en las tardes en que me había bastado vagar un rato sin rumbo fijo para llegar a mi barrio y dar con Josiane en alguna esquina del atardecer. Nunca he querido admitir que la guirnalda estuviera definitivamente cerrada y que no volvería a encontrarme con Josiane en los pasajes o los bulevares. Algunos días me da por pensar en el sudamericano, y en esa rumia desganada llego a inventar como un consuelo, como si él nos hubiera matado a Laurent y a mí con su propia muerte; razonablemente me digo que no, que exagero, que cualquier día volveré a entrar en el barrio de las galerías y encontraré a Josiane sorprendida por mi larga ausencia. Y entre una cosa y otra me quedo en casa tomando mate, escuchando a Irma que espera para diciembre, y me pregunto sin demasiado entusiasmo si cuando lleguen las elecciones votaré por Perón o por Tamborini, si votaré en blanco o sencillamente me quedaré en casa tomando mate y mirando a Irma y a las plantas del patio.

Biografía

Julio Cortázar nació en Bruselas en 1914. Es uno de los escritores argentinos más importantes de todos los tiempos. Realizó estudios de Letras y de Magisterio y trabajó como docente y traductor en varias ciudades del interior de Argentina. En 1951 fijó su residencia definitiva en París, desarrollando desde allí una obra literaria única dentro de la lengua castellana. Algunos de sus cuentos figuran entre los más perfectos del género. Su novela *Rayuela* conmocionó el panorama cultural de su tiempo y marcó un hito insoslayable dentro de la narrativa contemporánea. Cortázar murió en París en 1984.

Entre sus obras destacan *Bestiario* (cuentos), 1951. *Final de juego* (cuentos), 1956. *Los premios* (novela), 1960. *Historias de cronopios y de famas*, 1962. *Rayuela* (novela), 1963. *Todos los fuegos el fuego* (cuentos), 1966. *La vuelta al día en ochenta mundos* (ensayo, poesía y cuentos), 1967. *El perseguidor y otros cuentos* (cuentos), 1967. *62: Modelo para armar* (novela), 1968. *Libro de Manuel* (novela), 1973. *Octaedro* (cuentos), 1974. *Un tal Lucas* (cuentos), 1979. *Queremos tanto a Glenda* (cuentos), 1980. *Deshoras* (cuentos), 1982.

Otros títulos de la Biblioteca Julio Cortázar

Historias de cronopios y de famas

Postulación de una mirada poética capaz de enfrentar las miserias de la rutina y del sentido común, Cortázar toma aquí partido por la imaginación creadora y el humor corrosivo de los surrealistas. Esta colección de cuentos y viñetas entrañables es una introducción privilegiada al mundo inagotable de uno de los más grandes escritores de este siglo y un antídoto seguro contra la solemnidad y el aburrimiento. Sin duda alguna, Cortázar sella un pacto de complicidad definitiva e incondicional con sus lectores.

Un tal Lucas

Bajo el nombre de Lucas, un tal Julio se explaya sobre sus pianistas favoritos, la vida de algunos artistas excéntricos, las costumbres de ciertas familias argentinas, el amor y los amigos. Transgresor inagotable, también ofrece consejos para lustrarse los zapatos, escribir poemas reversibles, dar conferencias, hacerse echar a patadas de un concierto o nadar en una pileta de gofio.

Más que un libro de ficciones, este es un verdadero manual contra la solemnidad.